[英] 罗尔德 · 达尔 ______ 著

程应铸 ______ 译

公主和偷猎者

ROALD DAHL

CRUELTY

浙江文艺出版社
Zhejiang Literature & Art Publishing House

果麦文化 出品

目 录

男管家

乔治·克利弗一赚到第一个一百万，就立刻和克利弗太太搬出他们在郊外的小屋，迁入了一座在伦敦的高雅住宅。他们雇了一个叫埃斯特拉贡先生的法国大厨和一个叫蒂布斯的英国男管家，他们俩的薪金都很高。在这两个能手的佐理下，克利弗夫妇开始在社交界平步青云，而且家中三天两头高朋满座，杯觥交错。

然而这些晚餐聚会似乎都不太成功。它们没有生气，没有引人入胜的话题，也全然谈不上品位，尽管食物实属上等，服务也无可挑剔。

“我们的宴会究竟错在哪里，蒂布斯？”克利弗先生对男管家说，“为什么从来没人在这儿放松地畅所欲言呢？”

蒂布斯把脑袋歪到一边，盯着天花板说道：“我想给您提一个小小的建议，您不会介意吧？”

“什么建议？”

“是葡萄酒的问题，先生。”

“葡萄酒怎么啦？”

“听我说，埃斯特拉贡先生提供的是绝好的食物。上等的食物要配上等的葡萄酒，但是您招待他们的是一种廉价又倒胃口的西班牙红酒。”

“那么就算看在上帝的分上，为什么你之前不说，你这个废物！”克利弗叫了起来，“我不缺钱。如果他们想要，我会让他们品尝到世界上最好的葡萄酒！世界上最好的葡萄酒是什么？”

“波尔多红酒，先生。”男管家回答，“要产自波尔多最好的酒庄——拉菲、拉图尔、奥比昂、玛歌、木桐和白马等酒庄的，而且只能是产于葡萄最佳收获年份的，在我看来，它们该是一九〇六年、一九一四年、一九二九年和一九四五年；白马酒庄在一八九五年和一九二一年出产的也是上等好酒，奥比昂酒庄的酒以一九〇六年的为佳。”

“把它们全买来！”克利弗先生说，“把那该死的地窖从上到下给我堆满！”

“我可以试试，先生。”男管家说，“但是像这样的葡萄酒非常稀有，而且得花大价钱。”

“我才不管它们多少钱呢！”克利弗先生说，“你只管去把它们买来！”

说话远比做事要容易，无论在英国或在法国，蒂布斯都找不到任何一八九五年、一九〇六年、一九一四年，或一九二一年出产的葡萄酒。但他还是想方设法买到了一些一九二九年和一九四五年的酒，而为这些葡萄酒所付的账单简直是个天文数字。事实上，如此大的一笔钱甚至让克利弗先生也开始关注起这件事来。当男管家提示他，葡萄酒的知识是一笔不可小觑的社交资产时，他对葡萄酒的兴趣立刻升华为十足的热情。克利弗先生买来了关于葡萄酒的书籍，把它们从头到尾阅读了一遍。他还从蒂布斯本人那里学到了很多，其中包括如何正确品尝葡萄酒。“首先，先生，您得长长地深吸一口气，就像这样，把鼻子伸进杯口；然后，喝上一口，把嘴唇略微张开，吸入空气，让空气的气泡穿透葡萄酒，看我这样做；然后，用力让它们在嘴里滚动，最后吞咽下去。”

没过多久，克利弗先生开始把自己看作是个葡萄酒专家了，于是他免不了也就成了一个大讨厌鬼。“女士们、先生们，”在晚餐聚会上，他举起杯子宣告，“这是玛歌酒庄一九二九年产的红葡萄酒！那是本世纪最伟大的年份！奇妙的酒香！樱草的香气！请特别注意它的余味，品品这极微量的丹宁如何赋予它一种绝佳的涩感！美妙之极，不是吗？”

客人们会点着头，抿一口酒，咕噜几句赞扬的话，但是，仅此而已。

“那些愚蠢的家伙到底怎么啦？”在这种情况持续了一段时间后，克利弗先生对蒂布斯说，“难道他们竟然没有一个人懂得欣赏美酒吗？”

管家把头一歪，两眼朝上。“先生，我想他们会欣赏它的。”他说，“如果他们能尝得出来的话，但是他们不能。”

“他们尝不出来？你这该死的话是什么意思？”

“先生，我相信是您吩咐埃斯特拉贡先生在沙拉酱里加入了大量的醋。”

“那有什么不对吗？我喜欢醋。”

“醋，”男管家说，“它是葡萄酒的死敌。它会破坏味觉。沙拉酱应该用纯橄榄油和一点点柠檬汁来调制，用不着别的东西。”

“胡说八道！”克利弗先生说。

“但愿如此，先生。”

“我再说一遍，蒂布斯，你在说胡话，醋一点也没有败坏我的味蕾。”

“那您非常幸运，先生。”男管家轻声说着并退出房间。

在那天晚上的餐会上，主人开始在客人面前嘲弄他的管家。“蒂布斯先生，”他说，“一直试图告诉我，如果我在沙拉酱里放了醋，我就尝不出葡萄酒的味道了，对吗，蒂布斯？”

“对的，先生。”蒂布斯一脸严肃地回答。

“我跟他说这纯属胡说八道。我说过没有，蒂布斯？”

“说过，先生。”

“这款葡萄酒，”克利弗先生举起他的杯子继续说道，“我尝起来它的味道和一九四五年的拉菲葡萄酒一模一样，更重要的是，它确实就是一九四五年的拉菲。”

管家蒂布斯非常安静地直立在餐具柜旁边，脸色苍白。“请原谅我，先生。”他说，“那不是一九四五年的拉菲红酒。”

克利弗先生在椅子上猛地转过身，盯着管家。“你这话什么意思，”他说，“你旁边的空酒瓶就是证明！”

这些不同凡响的波尔多红酒，年代久远，充满了沉淀物，总是在餐前由蒂布斯把它们倒入雕花玻璃酒瓶里，而作为习惯，空酒瓶会被放到餐具柜里。此刻，两个一九四五年拉菲的空酒瓶正竖立在餐具柜里供大家观看。

“先生，您喝的葡萄酒，”管家平静地说道，“恰好就是那种既便宜又相当令人倒胃口的西班牙红酒。”

克利弗先生看着他杯中的葡萄酒，接着看向管家。此刻，他血气上涌，涨红了脸，浑身皮肤也变得通红。“蒂布斯，你说谎！”他叫道。

“没有，先生，我没说谎。”管家说，“事实上，自从我到这里，除了西班牙红酒之外，我从没为您倒过其他葡萄酒。它似乎非常适合你。”

“别信他的鬼话！”克利弗先生对他的客人咆哮着，“这个人疯了。”

“高档的葡萄酒，”男管家说，“应该受到尊重。你们这些人，在晚餐前喝三到四杯鸡尾酒，已经够败坏味觉了，当你们还要在食物上洒上醋时，那就几乎等于在喝洗碗水了。”

围绕桌子的十张愤怒的脸一齐转向管家，他让他们不知所措，谁也说不出话来。

“这个，”男管家伸出手指，钟爱地触摸着其中一只空酒瓶说，“这是最后一瓶一九四五年的酒了，一九二九年的酒已经被喝光了。它们可都是葡萄酒的极品，埃斯特拉贡先生和我美美地享用了它们。”

男管家鞠了一躬，接着款款走出房间，穿过大厅，从房子的前门走出去，来到了街上，埃斯特拉贡先生已经把他们的手提箱装进了他们共有的那辆小车的后备箱中。

首次发表于《旅游与休闲》1974.5
原名《男管家干的》

自动小说创作机

“好，奈普，我的小伙子，一切都大功告成了，我叫你来只是想告诉你，我认为你做得很棒。”

阿道夫·奈普一动不动地站在波伦先生的办公桌前，似乎一点热情也没有。

“你不高兴吗？”

“哦，高兴的，波伦先生。”

“你看到今早的报纸怎么写的了吗？”

“没有，先生，我没看到。”

办公桌后面的那人把一张折叠的报纸拖到他面前，开始念道：“由政府不久前订购的大型自动计算机器业已建成。它可能是当今世界上速度最快的电子计算机，它的功能满足了科学、工业和管理部门日益增长的快速数字运算需要，因为靠过去那种传统的方法完全行不通了，或者说要花掉与解决问题复杂程度并不相称的大量时间。关于这台新机器的运算速度，主要承建该机器的电气工程公司负责人约翰·波伦先生说，可以通过这样的事实来理解，它能在五秒钟内对一个会耗去一位数学家一个月时间的问题给出正确答案；

它能在三分钟里算出一个用手写（如果可能）的话，要足足写满五十万张书写纸的复杂计算结果。自动计算机器利用电脉冲，以每秒钟一百万次的计算速度，解决所有的计算问题，这些计算可以分解为加、减、乘、除。在实际应用中，它的能力是无限的……”

波伦先生抬头瞥了一眼年轻男子那张郁郁寡欢的长脸：“奈普，你不感到骄傲吗？你不高兴？”

“当然高兴，波伦先生。”

“我想我不必赘述你在此事中，特别是在最初的计划中所做出的重要贡献。实际上，我甚至可以说，如果没有你和你的一些想法，这个项目或许至今还搁在绘图板上。”

阿道夫·奈普在地毯上挪了挪他的脚，他盯着上司那两只小而白皙的手，他的手指在神经质地摆弄着一枚回形针，掰开它，再把它弄直。他不喜欢这个人的手，也不喜欢这个人的脸，那脸上有一张小嘴巴，两片狭窄的紫色嘴唇。他说话时只动下嘴唇的样子也令人不快。

“有什么事情让你烦恼，奈普，你有什么心事吗？”

“哦，没有，波伦先生。没有。”

“你打算怎么度过一周的休假？这是对你有好处的，也是你应得的。”

“唉，我不知道，先生。”

这个年长的男人等待着，望着自己眼前这个瘦瘦高高、邋遢站着的人——真是一个难相处的男孩。

为什么他不能挺直身子站着？总是一副有气无力又邋遢的样子，夹克上留着污点，还弄得披头散发。

“我想让你去度个假，奈普，你需要它。”

“好吧，先生，如果你希望的话。”

“休息一个星期，如果你喜欢的话也可以两个星期。去个暖和的地方，去晒太阳、游泳、休息、睡觉，然后回来，我们再讨论一下未来。”

阿道夫·奈普乘坐公共汽车回到他的两居室公寓，他把外套扔到沙发上，给自己倒了杯威士忌，再到放在桌上的打字机前坐下。波伦先生是对的，他当然是对的。只是他只知其一，不知其二。他大概以为自己是因为女人才这样，但凡一个小伙子变得消沉沮丧，大家都会猜想是为了女人。

他前倾着身子，开始阅读打字机上打到一半的稿子。它的标题是“虎口脱险”，文章是这样开始的：“那天夜里漆黑一片，暴风雨在发威肆虐，风从树丛中呼啸而过，大雨倾盆而下……”

阿道夫·奈普喝了一口威士忌，品尝着麦芽的苦味，感受着那股冷冷的细流从喉咙向下游至胃的顶端，起初是凉的，接着漫延开来，变得温暖，使得肠道产生了一小块温暖无比的区域。不管怎样，让约翰·波伦先生见鬼去吧，也让那个大电子计算机见鬼去，见鬼去的还有那些……

就在此刻，他的眼睛和嘴巴开始慢慢张开，带着一点疑惑，然后他慢慢抬起头，陷入静止状态，一动不动地凝视着对面的墙壁，带着一副与其说是疑惑，或许在更大程度上，不如说是惊异的表情。他现在完全凝固了，纹丝不动，就这样呆如木鸡地持续了四十秒、五十秒、六十秒。然后，渐渐地（他的头依然一动不动），一种微妙的变化在他脸上蔓延，惊异变成了快乐，起初这种变化非常微小，仅仅出现在嘴角，它持续不断地增强，并扩展开来，直到最后整张脸变得明朗，闪烁着极度的快乐。这是很多、很多个月以来，阿道夫·奈普第一次露出的笑容。

“当然，”他大声说，“这完全是荒谬的。”接着他又笑了，古怪又愉悦地翘起上唇，露出牙齿。

“这是个绝妙的主意，但太不切合实际，根本经不起深思熟虑的推敲。”

从这时起，阿道夫·奈普开始不再想别的事情。那个主意把他搅得神魂颠倒，因为这给了他一个希望—— 无论多么遥远—— 他要用最恶毒的方式报复他“最大的敌人”。单单从这个角度，他就胡思乱想了十到十五分钟。然后，他突然意识到自己在非常认真地考虑它实施的可能性。他拿起纸，做了一些初步的笔记，但是没有深入下去。他几乎是立刻发现自己面临着一个亘古不变的事实：一台机器，无论它的制作如何精巧独特，都不可能有独创性的思维。它除了解决那些本身被分解成数学术语—— 那些有且仅有一个正确答案的问题，其他什么问题都解决不了。

一方面，这是一个难题，似乎没有任何方法绕过它，机器不可能有大脑；但另一方面，它可以有记忆，不是吗？他们自己的电子计算机就有一种惊人的记忆功能。只要让电脉冲经过一根水银柱，转化为超声波，一次就可以至少贮存一千个数据，并能在需要它们的时候任意提取其中任何一个。那么，根据这个原理，建立一个无限大的记忆装置难道不可能吗？

不如这样？

突然间，他想到一个简单而有说服力的事实，那就是：英语语法是由一套严密得几乎数学化的规则所主导的！倘若给出词汇，给出想要表达的意思，那么单词只会出现一种正确的排列顺序。

不，他想，这样说并不十分准确。在很多句子里，词汇和短语的位置可以有多种选择，它们在语法上可能都是正确的。但是管它呢，这个原理本身基本上是正确的。因此，一台按照电子计算机原理制造的机器，可以经过调整，从而以符合语法规则的正确顺序来排列词汇（而不是数字），这是合乎情理的。给出动词、名词、形容词、代词，让它们作为词汇表贮存在机器的记忆装置里，可根据需要来提取它们进行排列组合。然后设定一些情节，就能让机器写出句子。

现在已经没有什么能阻止奈普了。他立刻投入工作，在接下来的几天里，他经历了一场紧张的苦干。起居室里到处是乱扔的纸张，上面是公式和计算过程，由成千上万个单词组成的词汇表，各种被奇妙地拆散并加以细分的故事情节，来自《罗格特词库》[1]的大量摘录，写满男人和女人名字的页面，数百个从电话簿里选择的姓氏、电线、电路、开关和真空管的复杂图纸，能在小卡片上打出不同形状洞孔的机器图纸，以及一台奇特的、能在一分钟里打出一万个词汇的电动打字机图纸，还有带有一系列小按钮的控制板，每个按钮都标着一家美国著名杂志的名称。

他在饱满而高昂的情绪中工作，在到处都是散乱纸堆的房间里踱来踱去，他搓着双手，大声地自言自语；有时候会狡黠地撇一下鼻子，嘴里咕哝着几句杀气腾腾的话，其中好像总有"编辑"这个词。在连续工作的第十五天，他把纸页集中到两个大文件夹里，带着它们，几乎是跑着来到约翰·波伦股份有限公司的电子工程师办公室。

波伦先生看见他回来了，非常高兴。

---

1 *Roget's Thesaurus*，一本英语单词和短语词典。1852 年由英国医生、自然神学家和词典编纂者罗格特编纂出版。

“好，奈普，太让我高兴了，你看上去好得不能再好了。假期过得好吧？去了哪里？”

波伦先生心里想的是，他还是像平时那样又丑陋又邋遢，为什么他不站直点？他那副模样就像是根弯曲的手杖。“你看上去好得不能再好了，我的小伙子。”也不知道他在傻笑什么，每次看见他，他的耳朵似乎都变大了。

阿道夫·奈普把文件夹放在办公桌上。“你看，波伦先生！”他大声说，“看看这些！”

然后他滔滔不绝地开始了他的长篇大论。他打开文件夹，把他的设计推到这个惊讶的小个子男人前面。他足足说了一个多小时，解释了每一个构想，说完时，他后退一步，几乎喘不过气来，脸色通红地等待着上司的裁定。

“你知道我是怎么想的吗，奈普？我觉得你是疯了。”现在得小心点，波伦先生在心里告诫自己，对他说话小心点，他是有价值的，这个人的确有用。要是他没有那张长马脸和一口大牙齿，看上去不那么可怕就好了，这家伙的耳朵大得像大黄的叶子。

“但是波伦先生！它管用！我已经向你证明了它管用！你不能否定它！”

“别激动，奈普。放松点，听我说。”

阿道夫·奈普看着自己的上司，越看越讨厌他。

“这个想法，”波伦先生动着下嘴唇说道，“非常具有独创性，几乎可以说它是精妙绝伦，但这只能证实我对你能力的看法，你不要过于认真。奈普，我的小伙子，它究竟对我们能有什么用呢？这世上有谁要一台机器来写小说？而且，你告诉我。不管其他的，开发这项目的钱从何而来？”

“我可以坐下吗，先生？”

“当然，坐吧。”

阿道夫·奈普坐到一张椅子的边上。

这位长者睁着两只警觉的棕眼睛看着他，不知道他接下来会怎么样。

“波伦先生，如果可以的话，我希望解释一下我是怎么想到这样做的。”

“直接说吧，奈普。”波伦先生对自己说，现在他得表现得迁就一点，这男孩有真才实学，几乎可以说是一个天才，其价值对公司来说宝贵如金。只需看看这些明摆着的稿子，这是你见过的最令人难以置信的东西，真让人大开眼界。当然了，不怎么有用，没有商业价值，但是它再一次证明了这个男孩的能力。

“波伦先生，我想这算是一种自白。我觉得它解释了我为什么总是这样……这样的忧心忡忡。”

“奈普，你想对我说什么就说什么吧。你要知道我是过来帮助你的。”

年轻人双手紧握着放在膝盖上，胳膊紧贴着自己的身子，就像他突然感到很冷似的。

“波伦先生，你知道的，说实话，我真的不怎么在乎我在这儿的工作。我知道我很适合也很擅长这类工作，但我的心不在这上面，它不是我最想要做的事。”

波伦先生蓦地扬起眉毛，如同按动了弹簧，而他的整个身体却僵住了。

“先生，你知道吗，我这辈子就想成为一名作家。”

“作家！”

"是的，波伦先生。你可能不相信，但是我只要有一点业余时间，全都花在了写小说上面。在过去十年里，我已经写了数百篇，一点也不夸张，数百篇短篇小说。精确地说，是五百六十六篇，大约每星期写一篇。"

"天啊，伙计！你究竟为什么要那样做？"

"先生，我只知道我有这样的冲动。"

"什么样的冲动？"

"创作的冲动，波伦先生。"每次他抬起头，都会看到波伦先生的嘴唇。它们变得越来越薄，越来越紫。

"奈普，我可以问你吗，你用这些小说做什么？"

"是啊，先生，那的确是个烦恼，没有人会买它们。每当我写完一篇，我就原样投递出去，就这样投了一家又一家杂志。但波伦先生，后来他们又直截了当地把稿子寄回来了，真是令人气急。"

波伦先生的情绪松弛下来。"我很清楚你的感受，我的小伙子。"他的声音里饱含着同情，"我们的人生中总会经历各种各样的事，但此一时彼一时。而现在—— 现在你已经证明了你自己—— 积极正面的证明—— 那些来自专家的、来自编辑的，评价你的小说是——我该怎么说—— 是不怎么成功的意见，该是丢下它们的时候了。忘记它，我的小伙子，忘掉这所有一切。"

"不，波伦先生！不！这不是真的！我知道我的小说很出色。老天知道，当你拿它们和那些登在杂志上的某些东西相比的话就知道了——哎呀，波伦先生！—— 一个星期接着一个星期，你在杂志上看到的都是些粗劣和讨厌的东西—— 这到底是为什么？这简直让我发疯！"

"冷静一下，我的小伙子……"

“你读过那些杂志吗，波伦先生？”

“打断一下，奈普，但是杂志和你的机器有什么关系呢？”

“太有关系了，波伦先生，绝对是息息相关！我想告诉你的是，我已经研究过这些杂志，每一种杂志似乎都有自己独特的故事类型。作家们—— 成功的作家们—— 都知道这点，所以他们会依据这个来写作。”

“等一下，我的小伙子。你先冷静一下，好不好。我不认为这一切能给我们带来任何效益。”

“波伦先生，请听我说完，这些都至关重要。”他停下来喘了口气。此刻他正在兴头上，说话的时候挥舞着手，他那张长长的、露着凸牙、两边挂着大耳朵的脸，仅仅因为激动才有了光彩，他的嘴巴里分泌了过多的唾液，以至于说话时唾沫随之而出。“那么你知道吗，在我的机器上，由于在‘情节记忆’装置和‘词汇记忆’装置之间有一个可调节的协调器，只要按动相应的按钮，我就能写出我想要的任何类型的故事。”

“是的，我知道，奈普，我知道。这些都很有趣，但它有什么意义呢？”

“问题就在这，波伦先生，市场是有限的，我们必须要在适当的时候拿得出适当的东西，并且随要随有，这就是商业的本质，仅此而已。现在我就是站在你的角度看问题—— 把它作为一个商业议题来看待。”

“我亲爱的小伙子，这永远不可能是一个商业议题。你和我一样清楚，造一台这样的机器得花多少钱。”

“是的，先生，我知道的。但恕我直言，我想你不会知道杂志会为作家的小说付多少钱。”

“他们会付多少？”

“最多可高达两千五百美元，平均可能在一千美元左右。”

波伦先生跳了起来。

“是的，先生，这是真的。”

“绝对不可能，奈普！荒唐可笑！”

“不，先生，确实是真的。”

“你是想坐在这里告诉我，这些杂志会像那样付钱给一个人……只是因为胡编乱造了一个故事！天哪，奈普！这还得了！作家岂不是都成百万富翁了！”

“事实确是如此，波伦先生！这就是这台机器的用武之地。请听我说，先生，我再告诉你一些我的设想。我都想好了，那些大型杂志每期大约刊登三篇小说。现在，以十五家最重要的杂志为例—— 因为它们支付的钱最多，其中有几家是月刊，但其他大多数是周刊。好吧，让我们设想一下，如果每周大约有四十篇重要的小说被买下，那就是四万美元的收益。所以要是用我们的机器—— 我们让它进行适当的工作——那我们几乎就能占领整个市场！”

“我亲爱的小伙子，你疯了！”

“没有，先生，不骗你，我说的是真的。难道你不明白，单单在量的上面，我们就能压倒他们！用这台机器写五千字的小说，它能在三十秒内完成全部打字，只待发送。那些作家怎么竞争得过它？我问你，波伦先生，怎么竞争得过？”

这时候，阿道夫·奈普注意到这个人的表情有了细微的变化，他的整张脸纹丝不动，几乎是凝固的，但鼻孔在扩张，眼睛变得格外明亮。他赶快继续说下去：“波伦先生，在当今，手写文章没有出路，它不可能和批量生产进行竞争，特别是在这个国家—— 你知道的。地毯、椅子、鞋子、砖块、陶器……随便你想说的哪一样东西—— 它们现在都由机器制造。虽然质量可能是低下的，但这不成问题，重要的是生产成本。而小说呢，好吧，它们只不过是另一种商品，和地毯、椅子一样，只要你能交货，没有人在乎你怎样生产它们。波伦先生，我们可以批量销售它们！而我们的价格将要比这个国家的所有作家都低，我们将会垄断市场！”

波伦先生在椅子上慢慢挺直身体，现在他探身过去，将双肘支在办公桌上，棕色的小眼睛全神贯注地落在说话人身上。

“我还是觉得这行不通，奈普。”

“每个星期四万元啊！”阿道夫·奈普喊道，“即使我们出半价，一个星期也能赚两万,一年也有一百万！”接着他声音温和地补充了一句：“你制造这些老电子计算机，一年说什么也赚不到一百万，对吗，波伦先生？”

“可是奈普，现在我认真地问你，你真的认为他们会买吗？”

“听我说，波伦先生，如果能以半价购得另一种，这世上谁还会要人工写的小说呢？这很合乎情理，不是吗？”

“那你打算怎样销售它们？你打算说它们是谁写的？”

“我们将建立我们自己的文稿代理机构，通过它投递稿子，我们可以为作家任意虚构我们想要的姓名。”

“我不喜欢这样，奈普。这对我来说，有点儿像是在欺骗别人，对吗？”

“此外，波伦先生，一旦你开始做这件事，还会产生各种各样有价值的副产品，比如，接广告。最近，啤酒制造商和类似的商人都愿意出一笔巨款，让有名望的作家把自己的名字放到他们的产品上。老天爷啊，嘿，波伦先生！我们并不是在谈论孩子们的玩具，这是笔大生意。”

“别太野心勃勃了，我的小伙子。”

“还有另一件事，波伦先生，如果你愿意，我们没有理由不把你的名字放在一些比较棒的小说上。”

“我的天哪，奈普，我要这个干什么？”

“我不知道，先生，我只知道有些作家深受人们的尊敬，例如，像厄尔·加德纳[1]先生或凯瑟琳·诺里斯[2]。我们需要作者名字，当然我也会考虑把我自己的名字放到一两篇小说上，只是为了帮忙。”

“作家，嗯？”波伦先生若有所思地自言自语着，“对啊，当他们看见我的名字出现在杂志上——有名的杂志，整个俱乐部的人肯定会大吃一惊。”

“这很好啊，波伦先生。”

那一瞬间，一种梦幻的、恍惚的神情出现在波伦先生的眼睛里，他露出了笑容，然后他动了动身子，开始翻阅放在他面前的企划书。

“奈普，有一件事情我不是很明白，那些情节从何而来？机器不可能虚构情节。”

“先生，这由我们输入进去，这根本不成问题。每个人都能想出些故事情节。在你左边的文件夹里写有三四百个情节。直接把它们输入到机器的‘情节记忆’装置里就可以了。”

“接着说下去。”

“波伦先生，这里还有很多其他的小改进。你仔细看看企划书的话，全都会看到的。例如，有一个窍门几乎是每个作家都使用

---

1 *Earle Gardner*, 1889—1970，又译为贾德纳，美国律师、侦探小作家。
2 *Kathleen Norris*，1880—1966，美国小说家和报刊专栏作家。

的，在每篇小说里，至少放入一段冗长而令人费解的句子，使得读者认为作者非常博学和聪颖。所以我会让机器做同样的事，机器里贮存了一大堆长句子，就是为了这个目的。”

“贮存在哪里？”

“在‘词汇记忆’装置中。”他补充道。

这两人用了大约一天的时间来讨论这台新机器的可行性。最后波伦先生说他还得再考虑考虑。第二天早上，他仍不露声色，但在一周之后，他完全赞同了这个想法。

“奈普，我们必须要做一件事，对外我们只说是在制造另一种新型的数学计算器，这样就能保密。”

“正应如此，波伦先生。”

六个月以后，这台机器做成了。它被放置在公司主楼后面的一个单独的砖房里，现在准备试运行，除了波伦先生和阿道夫·奈普，任何人不允许靠近它。

当他们两个人——一个又矮又胖，特别是腿短得出奇；另一个又高又瘦，龇着牙齿——站在控制面板前面的走廊里，准备打印第一篇小说时，这无疑是个激动人心的时刻。他们周围是将空间分隔成很多小过道的墙壁，墙上布满了电线、插头、开关和巨型玻璃阀门。他们两人都很紧张，波伦先生两脚轮换着跳来跳去，根本无法静止下来。

“哪一个按钮？”阿道夫·奈普问道，眼睛盯着一排白色的小圆盘，它们看起来很像打字机的按键，“波伦先生，你来选择吧，有大量的杂志可供挑选——《星期六晚邮报》《科里尔周刊》《妇女家庭杂志》——任何一种你喜欢的。”

“天哪，小伙子！我怎么知道？”他像个麻疹病患者似的跳上跳下。

“波伦先生，”阿道夫·奈普认真地说，“你是否意识到，此时此刻，单单用你的小手指，你就有能力成为这个大洲最多才多艺的作家？”

“听着，奈普，请你继续说重点，行吗？别说那么多没用的开场白。”

“好的，波伦先生，那么我们来制作一篇……让我看看——这个，怎么样？”他伸出一只手指，按下一个用微型黑色字体印着“今日女性”杂志名称的按钮。只听得一声刺耳的咔嗒声，当他移开手指时，那个按钮仍保持下陷，低于其他按钮。

“有这么多的选择，”他说，“来——让我们开始！”他抬起手，拉动控制面板上的一个开关。屋子里立刻充满了响亮的嗡鸣声和电火花的噼啪声，以及许多迅速移动的微型杠杆的叮当声；几乎就在同一瞬间，四开的打印纸开始从控制板左边的一个窄槽里滑出来，然后落到底下的篮子里。它们出来得很快，一秒钟一张，不到半分钟就全部结束，不再出纸了。

“成了！”阿道夫·奈普喊叫着，“你的小说出来了！”

他们抓起纸页，开始读。他们拾起的第一篇是这样开始的：“Aifkjmbsaoeg weztpplnvoqudskigt&,fuhpekanvbertyuiolkjhgfdsazxcvbnm,peruitrehdjkgmvnb,wmsuy……”他们再看其他的，大致上全部都是这种相似的文字。波伦先生开始大声吼叫，年轻的那个则试图让他冷静下来。

“没关系，先生，真的。只需做小小的调节。我们有一些连接上的错误，仅此而已。波伦先生，你要知道，目前在这个房间里有超过一百万英尺长的线路，你不能指望每件事情从一开始就是十全十美的。”

“它永远不会奏效的。”波伦先生说。

“耐心一点，先生，耐心一点。”

奈普着手寻找问题所在，过了四天，他声称可以再试一次了。

“它永远不会奏效的。”波伦先生说，“我就知道它永远不会奏效。”

奈普笑着，按下标注着“读者文摘”的按钮。然后他拉动开关，那奇怪的、令人兴奋的嗡嗡声再次充满了房间。一张打印出来的纸页从窄槽里飞了出来，落到了篮子里。

“其他的呢？”波伦先生喊叫着，“它停下来了！出错了！”

“不，先生，不是的，它正确无误。这是给《读者文摘》的，你没有看见？”

这次是这样开始的：“Fewpeopleyetknowthatarevolutionarynewcurearevolutionararevolutionarynewcurehasbeendiscoveredwhichmaywellbringpermanentrelieftosufferersofthemostdreadeddiseaseofourtime……”

“简直是胡言乱语！”波伦先生喊叫着。

“不，先生，没事的。你看不出来吗？它只是没有把单词断开来，这很容易调节，但故事的确出来了。看，波伦先生，你看！除了单词连在一起，它全在那里。”

果真是这样。

在几天以后的下一次试机中，每一件事情都很完美，甚至连标点符号也没错。他们为一家著名的女性杂志制造出了第一篇小说，是关于一个男孩的真实可信而又情节复杂的故事。故事是这样展开的，这个男孩想博得他的阔老板的青睐，于是，男孩安排他的朋友在一个漆黑的夜晚绑架了这个富翁驾车回家的女儿，然后自己假装偶然经过，打落朋友手中的枪，救了这个女孩。女孩非常感激，但父亲却很怀疑，于是严厉地盘问男孩，男孩经受不住便承认了。然后，这位父亲并没有把他逐出家门，反而说他很赞赏男孩的足智多谋，女儿也赞美男孩的诚实和长相。父亲承诺让他担任会计部门的负责人，女孩最后嫁给了他。

“真是太棒了，波伦先生，相当好！”

“我觉得似乎有点草率，我的小伙子。”

“不，先生，这是一个畅销故事，货真价实的畅销故事！”

在极度的兴奋中，他迅速又花了好几分钟打印了六篇小说。其中除了一篇出于某种原因，看起来有点低俗猥亵，其他的似乎都绝对无懈可击。

波伦先生现在终于放下心来。他同意在闹市区的一个办公室里成立一个文稿代理所，让奈普负责。几个星期后，这项工作宣告完成。然后，奈普把第一批的十二篇小说寄出，四篇用了他的名字，一篇用了波伦先生的名字，其他用的都是他纯粹虚构的名字。

这些小说中有五篇很快就被接受了，而以波伦先生署名的那篇被退稿了，并附上了一封小说编辑来信，写着：“这是一部制作精巧的小说，但在我们看来并不十分成功。我们希望看到这位作家更多的作品……”阿道夫·奈普坐着一辆出租车赶到生产点，为这同一家杂志迅速制作了另一篇，还是放上波伦先生的名字，并立刻邮寄出去，这一篇他们买下了。

钱财开始滚滚而来。奈普缓慢而谨慎地提高小说的产量，六个月以后，他每个星期送出三十篇小说，大概能卖掉一半。

奈普开始名噪文坛，成了一个成功的多产作家。波伦先生也是，不过名声没那么好，但他本人并不知情。同时，奈普还虚构了成打的潜力青年作家。诸事一帆风顺。

走到这一步，他们决定把机器改装得不但能写短篇小说，而且还能写长篇小说。波伦先生现在渴望在文学界获得更大的荣誉，他坚持让奈普立刻投入这项非同凡响的任务中。

“我要写一部长篇小说，”他不停地重复着，“我要写一部长篇小说。”

“你会的，先生，你会的。但是请耐心点，我必须做一个非常复杂的调整。”

“人人都对我说，我应该创作一部长篇小说。”波伦先生喊着，“各种各样的出版商日日夜夜在我后面追着，恳求我别再去胡编乱造短篇小说，去做一些真正重要的事情。他们说只有长篇小说才是重要的事情。”

“我们会写长篇小说的，”奈普告诉他，“我们想写多少就写多少，但是请耐心点。”

“听我说，奈普。我要写的是一部正儿八经的长篇小说，那将是令人刮目相看的作品。我很厌倦近来那些你署上我名字发出去的短篇故事。其实，我不太确定你是不是在把我当猴耍。”

“当猴耍，波伦先生？”

“把所有最好的作品留给你自己，这就是你所做的事。”

“哎，不是，波伦先生！不是这样的！”

“所以这次我要确保写出一本具有高水平、高智识的书，你明白吗？”

“你看，波伦先生。用这种我正在组装的交换机，你想写什么书就能写什么书。”

这是真的，在接下来的几个月里，阿道夫·奈普的才能不仅仅体现在改装能写作长篇小说的机器上，而且他还创建了一套绝妙的新控制系统，使作者能够预先选择他所希望的任何类型的情节和写作风格。那台机器上有如此多的刻度盘和杠杆，看上去像是某种巨型飞机的仪表板。

首先，在一系列主按钮中按下其中一个，让作家做出他的基础选择：历史学的、讽刺性的、哲学的、政治的、浪漫的、色情的、幽默的，或者严肃的。然后，在第二排（要素按钮）选择想要的主题：军队生活、先锋日、内战、世界大战、种族问题、狂野西部、乡村生活、童年回忆、航海和海底世界等许多许多。第三排按钮是文学风格：古典的、怪诞的、猥亵的、海明威式的、福克纳式的、乔伊斯式的、女性化的等等。第四排用于选择人物，第五排是字数选择……共有十排预选按钮。

但这还不是全部。机器还可以在实际写作过程中（每部长篇小说大约花十五分钟）进行控制，为了做到这点，机器工作时，作家必须坐在操纵座椅上拉动（或推送）一连串带有标签的制动器，它们就像风琴上的音栓。这样做的话，他就能够连续地调整或合并五十种不同的、可以变更的格调，比如紧张、吃惊、幽默、同情和神秘。面板上有大量刻度盘和仪表，它们可以随时准确地告诉他，他的工作进行到了什么程度。

最后，还有“激情”的问题。通过对过去一年畅销书排行榜榜首书籍的精心研究，阿道夫·奈普把“激情”确定为一个最重要的因素——一种神奇的催化剂，至少在经济上——它或多或少能把最枯燥乏味的小说变得很成功。但是，奈普知道激情是强有力的、令人忘乎所以的东西，所以必须慎重地运用——要适时、适量；为了确保这一点，他设计了一个独立的控制装置，由两个灵敏的、脚踏开关操纵的滑动调节器组成，类似汽车的油门和刹车。一个踏板控制激情注入的百分比，另一只踏板调节它的强度。当然，毫无疑问，用奈普的这台机器写作一部长篇小说，宛如又开飞机、又驾汽车、又弹奏风琴，需要三管齐下，这是唯一的美中不足。但这难不倒这个发明家。当一切准备就绪，他骄傲地护送波伦先生进入机房，并开始解释这个新奇迹的操作程序。

“天啊，奈普！这一切我永远也做不到！该死，伙计，用手写这东西会更容易。”

“你很快就会习惯使用它的，波伦先生，我向你保证，不出一两个星期，你就能不假思索地操作它，就像学开车一样。”

当然，这不是那么容易的事，但是在练习了很多小时之后，波伦先生有点开窍了。终于，在一个深夜里，他告诉奈普他已经做好准备，要打印他的第一部长篇小说了。这是个紧张的时刻，这个胖乎乎的小个子男人提心吊胆地匍匐在操纵座椅上，那个龇着牙齿、个子瘦长的奈普则在他的周围手忙脚乱。

“奈普，我打算写一部重要的小说。”

“我相信你会写出来，先生，我肯定你能。”

波伦先生用他的一根手指小心翼翼地按下一个个必须按的预选按钮：

主按钮—— 讽刺性的

主题—— 种族问题

风格—— 古典

人物—— 六个男人，四个女人，一个婴儿

长度—— 十五章

同时，他的目光非常明确地落在三个类似管风琴音栓的按钮上，它们分别标记着：力度、神秘性、深度。

“先生，准备好了吗？”

“是，是的，我准备好了。”

奈普拉动开关，这台大机器嗡嗡地响起来。

五万个抹着油的齿轮、连杆、杠杆运动着，发出一阵深沉的飕飕声。然后，接踵而来的是快速电子打字机的敲打声，那是一种刺耳的、几乎令人无法忍受的咔嗒声。打好字的稿纸纷纷飞进篮子里—— 每两秒钟一张，但是由于噪音和兴奋，又必须要按动按钮，还要看着章节计数器、速度指示器和激情计量器，波伦先生开始慌张起来。他的动作活像一个开车的新手—— 两只脚死死踩住踏板，让它们固定在那个位置上，直到机器停止转动。

“恭喜，你的第一部小说诞生了。”奈普从篮子里捡起一大叠打字纸说道。

波伦先生的整张脸渗出了微小的汗珠：“我的小伙子，这的确很辛苦。”

“但是做成了，先生，你做成了。”

“让我来看看，奈普，读起来怎么样？”

他开始浏览第一章，把读完的每一页交给这个年轻人。

“天哪，奈普！这是什么！”当波伦先生喃喃地说出这些话的时候，他那张又薄又紫的鱼嘴微微地抽动着，脸颊开始慢慢膨胀。

“你看看这里啊，奈普！真是岂有此理！”

“我只能说这是有点奇怪，先生。”

“奇怪！完全令人反感啊！我不可能把我的名字放上去！”

“相当不错，先生，相当不错。”

“奈普，这是你对我耍的什么卑鄙把戏吧？”

“噢，不，先生！不是的！”

“看起来就是这回事。”

“波伦先生，难道你不觉得可能是因为你没有用力踩下激情控制踏板吗？”

“我亲爱的小伙子，我怎么会知道。”

“你为什么不再试一次？”

于是波伦先生又印出了他的第二部小说，这次是完全按计划进行的。

在一周之内，书稿被一位热心的出版商审阅并接受。接着奈普以自己的名字写了一部，然后又额外地“写”了一打。很快，阿道夫·奈普的文稿代理所，因为拥有一大批前途无量的青年小说家而名声大振。金钱又开始滚滚而来。

这个舞台让年轻的奈普开始展现他经营大生意的真正才能。

“听我说，波伦先生。”他说，“我们仍面对很多竞争，为什么我们不去吸收国内的其他作家？”

波伦先生此时招摇地穿着一件深绿色天鹅绒夹克，头发盖住了耳朵的三分之二，他对自己的现状深感满意。“我不明白你在说什么，我的小伙子，你不可能就这样吸收作家。”

“当然能，先生，就像洛克菲勒对待他的石油公司那样，直接把它们买下来，如果他们不卖的话，就把他们排挤出去，这是举手之劳。”

“要谨慎行事，奈普，千万小心！”

“我列了一份名单，上面是国内最成功的五十名作家，我想做的是，给他们每人提供一份终身的带薪合同，他们只要承诺从此不再写一个字，当然还需要授权在我们的作品上署他们的名字。怎么样？”

“他们是绝不会同意的。”

“你不了解作家，波伦先生，你等着瞧吧。”

“那么创作冲动呢，奈普？”

“这纯粹是瞎话！他们真正在意的是钱—— 就像世界上其他人一样。”

最后，波伦先生勉强同意试试看，奈普口袋里放着那份作家名录，坐进一辆由专职司机驾驶的大型凯迪拉克里，准备去一一拜访他们。

他首先走访了名列表首的人，那是一位非常了不起的优秀作家。他毫不费力就进了屋，他讲述了自己的故事，并拿出一个手提箱，里面装满了小说的样本，还有一份要此人签名的合同，保证他在有生之年每年可获如此多的收益。这个人彬彬有礼地听着，认定自己碰上了一个疯子，请奈普喝了杯酒，然后二话没说就把他送到了门口。

名单上的第二位作家，在见到奈普时动了真格，竟然用一只硕大的金属镇纸袭击他，于是这位“发明家”不得不退到花园里，随之而来的是一连串他此前从未听到过的谩骂和侮辱之语。

然而，要让阿道夫·奈普灰心丧气，远没有这么容易。他的确失望但并不灰心，他坐上他那辆大车去找他的下一个客户。这是一位知名且广受欢迎的女性，她那部厚厚的浪漫巨著在全国的销量达百万本之多。她和颜悦色地接待奈普，给了他一杯茶，聚精会神地听了他的故事。

“这听上去非常吸引人，”她说，“不过当然啦，我觉得有点难以置信。”

“夫人，”奈普回答，“您可以跟我去亲眼看看，我的车正在外面等您。”

最终，这位吃惊的女士被领进了这个在持续生产奇迹的机房。奈普迫不及待地解释它的工作机制，过了一会儿，他甚至允许她坐进操纵座椅，用按钮练习。

“对了，”他突然说道，“你想写一本书吗？”

“哦，是的！”她喊道，“那太好了！”

她很能干，似乎非常清楚地知道她要什么。她自己完成了预选，接着迅速写出了一部充满浪漫色彩和激情的长篇小说。她浏览了第一章，胸中热情洋溢，然后在合同上签了名。

“拔掉了他们中的一个钉子，”奈普后来对波伦先生说道，“还是非常大的一个。”

“干得好，我的小伙子。”

“你知道她为什么签约？”

“为什么？”

“不是因为钱。她富得流油。”

“那又是为什么？”

奈普翘起他的上嘴唇，露出了上排苍白的牙龈，他咧开嘴巴笑着：“只是因为她看见机器制作的东西比她自己写的要好。”

从那以后，奈普做出明智的决定，把重点集中在二流作家身上。比这些人更好的作家显然不是那么容易被引诱，不过数量也太少，所以没什么大不了。

终于，在努力了几个月之后，他说服名单上差不多百分之七十的作家签了约。他发现，那些年纪大的人、缺乏主见的人，以及好酒之徒，是最容易被掌控的。而年轻的作家比较难对付，当奈普接近他们时，他们很容易出口伤人，有时甚至会使用暴力。在奈普的巡访中，他不止一次受过轻伤。

但是总的来说，这是一个令人满意的开始。在去年——机器运行的第一个整年——据估计，市面上所有用英语发表的长篇小说和短篇小说，其中至少有一半是阿道夫·奈普用自动小说创作机生产出来的。

这让你感到吃惊吗？

我不相信。

更糟的还在后面。今天，当这个秘密传播开来，更多的人匆匆赶来与奈普先生联系。同时，对那些踌躇着不肯签约的人来说，日子越来越不好过了。

此时此刻，我坐在这里，听着我那几个挨饿的孩子在另一间屋里号啕大哭，我能感觉到我的手离桌子对面那份金色的合同越来越近了。

上帝啊，请赐予我们力量，让我们的孩子去挨饿吧。

首次发表于《像你一样的人》1953

蜂王浆

“愁死我了，艾伯特，真的愁死我了。”泰勒太太一边说着，一边目不转睛地注视着那一动不动地躺在她左臂肘弯里的婴儿，“我就知道事情有点不对劲了。”

她怀里的婴儿脸上的皮肤像珍珠一样透明，紧紧包着骨头。

“再试试看。”艾伯特·泰勒说。

“再试也无济于事。”

“梅布尔，你得继续试。”他说。

她从盛着热水的平底锅里拿起那只奶瓶，摇晃出几滴牛奶落在她的手腕内侧，试试它的温度。

“来吧。”她轻声说，“来吧，我的宝贝。快醒醒，你再吃一点儿。”

离她很近的桌上有一盏小灯，向四周散发出柔和的黄光。

“求你，”她说，“哪怕就吃一丁点儿。”

她丈夫从杂志上方抬起眼睛看着她。她精疲力尽、累得半死，他全都看在眼里，那张苍白的椭圆形脸，平常是那样的庄重和安详，现在却笼罩着一种苦恼和绝望的表情，但即便如此，她低头久久注视孩子的样子，依然是出奇的美丽。

“你瞧，”她低声嘟囔着，“没用的，她不吃。”

她把奶瓶举到灯前，眯起眼睛看它的刻度。

“又是一盎司，总共就吃了这么多。不，甚至还不到，只有四分之三盎司。靠这么点是活不下去的。艾伯特，真的不够的，我担心死了。”

“我知道。”他说。

“要是他们能找出哪里不对就好了。”

“没什么不对的地方，梅布尔，只是时间问题。”

“当然有些不对劲。”

“鲁宾逊医生说没有。”

“瞧，”她说着站起来，“你总不能告诉我一个六周大的孩子体重一直减轻，减到比她出生时的两磅还轻是正常的事吧！你就看看这两条腿，它们只剩皮和骨头了！”

小宝宝软绵绵地躺在她的臂弯里，一动也不动。

“鲁宾逊医生说了，他要你别担心，梅布尔。另一个医生也是这样说的。”

“哼！”她说，“那岂不是太好了！我就不用再担心了？！”

“听我说，梅布尔。”

“他想让我怎样？把这当作一个玩笑？”

“他可没有那样说。”

“我讨厌医生！我恨他们所有的人！”她喊着，转身抱着孩子从他身边快步走出房间，向楼梯走去。

艾伯特留在原处，任她离开。

过了一会儿，他听见她在头顶正上方的卧室里走动，急促而紧张的脚步在上面的油地毡上“啪嗒啪嗒啪嗒”地踏来踏去。很快脚步就停止了，他不得不起身去找她，当他走进卧室的时候，他会发现她像往常一样坐在小床旁边，一边注视着孩子，一边轻声哭泣着，不肯离去。

她会说：“她饿坏了，艾伯特。”

“她当然没有饿坏。”

“她饿了。我知道她饿了，艾伯特？”

“怎么啦！”

“我相信你也知道，但你不想承认。对不对？”

如今，每天夜晚都像这样度过。

上个星期他们从医院里带回孩子，医生做了仔细的检查，告诉他们孩子没什么问题。

“大夫，我们花了九年才有了这个宝宝，”梅布尔当时说，“我想如果她出了什么事，我会死的。”

那是在六天之前，自那以后，她又瘦了五盎司。

可是瞎担心无济于事，艾伯特·泰勒这样告诫自己。遇到这样的事情，最好的做法只能是相信医生。他拿起依然搁在他膝盖上的杂志，漫不经心地扫了一眼目录，想看看本周有什么内容：

五月蜜蜂资讯

蜂蜜烹饪

养蜂人和药物学士

控制蜜蜂疾病的经验

关于蜂王浆的最新资讯

本周养蜂场

蜂胶的治疗作用

反刍喂食

英国养蜂人的年度晚宴

协会动态

艾伯特·泰勒一生都在对与蜜蜂有关的事情沉醉入迷。当他还是个小男孩的时候，经常裸手去捉蜜蜂，并带着它们跑回家让他母亲看，有时他会把它们放在自己脸上，让它们在脸颊和脖子上爬来爬去。令人惊讶的是，他从来没有被蜜蜂蜇过。相反，蜜蜂似乎很喜欢和他在一起。它们从来没有试图飞走，他若要摆脱它们，就不得不用手指轻轻把它们拂去。尽管这样，它们还是会频频返回，再次停在他的臂、手、膝盖，或任何裸露的皮肤上。

他的父亲是个砖瓦匠，断言说：这孩子身上一定是有女巫的臭味，某种有毒的东西通过他的皮肤毛孔渗出，这东西没有任何好处，只能使昆虫处于那种睡眠状态。但是他母亲则说，这是上帝给他的一份礼物，甚至将他与圣弗朗西斯[1]和鸟类的互动相提并论。

艾伯特·泰勒长大以后，对蜜蜂的喜爱发展成为痴迷，十二岁的时候，他建造了他的第一个蜂箱；第二年夏天捕获了他的第一群蜜蜂；两年之后，即十四岁的时候，他有了至少五个蜂箱，靠在他父亲小小后院的篱笆上，整齐地排成一排。除了生产蜂蜜的正常任务之外，他已经在练习培养自己的蜂王，这是一项精细而复杂的工作，包括把幼虫移植到人造细胞杯中，以及接下来的种种工作。

要在蜂箱里做什么时，他从来不用烟熏，也从不戴手套，头上

---

1 *St Francis*，1183—1226，宗教人物，知名天主教“小兄弟会”的创始人，是动物、自然环境的守护圣人。

也不用套上一个网。很明显，这个男孩和蜜蜂之间存在某种奇怪的默契，消息传到村庄、小商店和小酒馆里，人们开始以钦佩的口吻谈论他，并开始到他家购买蜂蜜。

到了十八岁，他在离村庄约一英里[1]的山谷下面——一个樱桃园旁边——租了一英亩高低不平的牧地，他开始在那里做起了自己的生意。现在，十一年之后，他还在那个老地方经营，但已经不是一英亩了，他有了六英亩土地、二百四十个大容量的蜂箱，还有一座主要靠自己动手建造的小屋。他二十岁时结了婚，除了婚后等了九年才有一个孩子之外，也还算成功。事实上，对艾伯特来说一切都称心如意，直到这个奇怪的女婴降临人世。因为拒绝正常进食和日渐消瘦，她开始把他们吓得魂不守舍。

他的目光从杂志上抬起，开始想到他的女儿。

例如，在这天傍晚给她喂食时，起初她的两只眼睛是睁着的，他注视着它们，看见某种让他胆战心惊的东西——一种雾蒙蒙的、茫然空洞的目光，仿佛这对眼睛和大脑根本没有联系，它们只是像两颗灰色的玻璃小弹珠，松松地搁在眼窝里。

那些医生真的知道他们在说些什么吗？

他伸手拿过一只烟灰缸，开始缓慢地用一根火柴杆挖出烟斗里的灰烬。

带她去别的医院总是可以的，他上楼后也许会向梅布尔建议，可以去牛津的某些医院看看。

他还能听到她在楼上走动的声音，但她现在肯定是脱了鞋，换上了拖鞋，因为声音变得非常模糊和微弱。

1 英制长度单位，1 英里等于 1.609344 千米。

他又把注意力集中到杂志上，继续阅读下去。他读完了一篇标题为《控制蜜蜂疾病的经验》的文章，然后翻过这页，开始读下一篇，题目是《关于蜂王浆的最新资讯》，他很怀疑这里面是否会出现他不知道的东西：

这种被称作蜂王浆的奇特物质是什么呢？

他伸手到他旁边的桌上拿过那罐烟丝，一边开始装烟斗，一边继续读着。

蜂王浆是一种保育蜂的腺分泌物，用以喂养刚从卵中孵出的幼虫。蜜蜂从咽腺产生这种物质的方式，类同于脊椎动物的乳腺产生乳汁，这个事实具有重大的生物学意义，因为据悉，世界上还没有其他昆虫进化到这样的程度。

他对自己说，全是些陈年老调。但也没什么更好的事情可做，于是他便继续往下读。

蜜蜂的幼虫从卵中孵出后的头三天，全都食用浓缩形态的蜂王浆。但三天以后，对所有那些预定成为雄蜂和工蜂的幼虫，它们的这种宝贵食物里就被加入大量的蜂蜜和花粉做了稀释。而注定成为蜂王的幼虫，在它们的整个幼虫阶段，自始至终以纯净的浓缩蜂王浆为食物。这也是这种物质以此冠名的原因。

在他上方的卧室里，脚步声完全停止了。屋子安静下来。他划了一根火柴放到烟斗上。

蜂王浆肯定是一种营养价值极高的物质，因为仅靠这种食物，蜜蜂幼虫的体重就能在五天之内增加一千五百倍。

他想，那大概是对的。尽管出于某种原因，他以前从没有想到用体重来衡量幼虫的成长。

就像一个七磅半的婴儿在那段时间内应该增加到五吨。

艾伯特·泰勒停下来，把那句话又读了一遍，他读到了第三遍。

就像一个七磅半的婴儿……

“梅布尔！”他喊着从椅子上跳了起来，“梅布尔，快来！”

他走出房间来到走廊，站在楼梯口，呼叫她下来。

没有人回答。

他冲上楼梯，拧开楼梯平台上的灯。卧室的门是关着的，他穿过楼梯平台，打开门，然后站在门口朝黑洞洞的房间里面看。“梅布尔，”他说，“到楼下来一会儿，好吗？我刚想了一个主意，是关于孩子的。”

他身后楼梯平台上的微弱灯光投射到了床上，此刻他能够朦朦胧胧地看到她俯身躺着，把脸埋在枕头里，双臂举过头顶，她还在啜泣。

“梅布尔，”他说着走到她身边，摸着她的肩膀，“请下来一会儿，这可能会很重要。”

“走开，”她说，“让我一个人待会儿。”

“你不想听听我的主意？”

“哎，艾伯特，我累了。”她抽泣着，“我太疲惫了，我根本不知道自己在做什么，我想我不能再这样下去了，我无法忍受像这样的日子了。”

两人一时无言。艾伯特·泰勒转过身，慢慢走到婴儿睡的摇篮旁边，朝里面凝视。因为太暗，他看不清楚孩子的脸，但当他弯下身子靠近的时候，他能够听到呼吸的声音，非常微弱，非常急促。“下一次喂食是什么时候？”他问道。

“我想，是两点钟吧。”

“再后面呢？”

“早晨六点钟。”

“这两次由我来喂，”他说，“你去睡觉。”

她没有回答。

“你好好上床去睡觉，梅布尔，马上躺下入睡，懂吗？别再犯愁了，由我来完全接手接下来的十二个小时。再这样下去你会精神崩溃的。”

“是的，”她说，“我知道。”

“现在就让我带着小孩和闹钟去空房间，你就只管躺着，彻底放松，把我们全忘掉，好吗？”他已经推着摇篮就要出门。

“哎，艾伯特。”她啜泣着。

“你什么都不用担心，把这交给我吧。”

“艾伯特……”

“怎么啦？”

“我爱你，艾伯特。”

“我也爱你，梅布尔。快睡吧。”

直到第二天上午将近十一点钟的时候，艾伯特·泰勒才再次见到他的妻子。

“天哪！”她喊着，身穿睡衣和拖鞋冲下楼梯，“艾伯特！你看这时间！我想必至少睡了十二个小时！一切还好吗？有发生什么事情吗？”

他安静地坐在扶手椅中，一边抽着烟斗，一边读着早报。婴儿在他脚边地板上的一个简易婴儿床里，睡着了。

“早，亲爱的。”他笑着说道。

她跑到婴儿床旁边，朝里面看。“她吃了什么没有，艾伯特？你喂过她几次？十点钟应该再喂她一次，你知道吗？”

艾伯特·泰勒把报纸方方正正地折叠起来，放到茶几上。“凌晨两点钟我喂过她，”他说，“她只喝了大约半盎司就不再喝了。六点钟我再喂她，比那一次要好一点，她喝了两盎司……”

“两盎司！嘿，艾伯特，这可不寻常！”

“十分钟前我们刚结束最后一次喂奶，奶瓶就在壁炉架上。只剩一盎司了，她喝掉了三盎司。怎么样？”他自豪地咧嘴笑着，对自己的成就感到快乐。

妇人迅速跪了下来，眼睛盯着婴儿看。

“她看起来是不是好点了？”他殷切地问道，“有没有觉得她的脸胖了一点？”

“这听起来可能很傻，”妻子说，“但我真的觉得她的脸胖了点。哦，艾伯特，你是个奇迹！你是怎样做到的？”

“她正在转危为安。”他说，“事情就是这样。正如医生预言的，她正在转危为安。”

“我向上帝祈祷你是对的，艾伯特。”

“我当然是对的。从现在开始，你会看着她好起来。”

妇人钟爱地凝视着婴儿。

“你自己看上去也好多了，梅布尔。”

“我感觉很好，昨夜很对不起。”

“就让我们继续这样做吧，”他说，“以后夜里都让我来喂奶，白天由你喂。”

她抬起头隔着婴儿床看着他，皱起了眉。“不行，”她说，“哎，不行，我不会允许你这样做。”

“梅布尔，我不想让你崩溃！”

“我不会的，现在我已经睡了好些时候了。”

“我们一起分担会更好。”

“不，艾伯特。这是我的职责，也是我想做的，昨天夜里的事不会再发生。”

静默了一会儿。艾伯特·泰勒把烟斗从嘴中拿出来，检查着烟斗里未燃的颗粒。“好吧，”他说，“既然这样，那就让我来减轻一点你的负担，我来做所有的消毒和食物混合，把样样都准备好。不管怎样，这对你会有一点帮助。”

她仔细地打量他，想知道他为什么突然间会这么想。

“你看，梅布尔，我一直在想……”

“我听着，亲爱的。”

“我一直在想，直到昨天晚上，我竟从来没有抬起过一个手指头来帮你照看这个孩子。”

“那不是真的。”

“哦，是真的。所以我决定从现在起负起我那份责任。我要成为食品搅拌者和奶瓶消毒者，好吗？”

“你真是太体贴了，亲爱的，但是我真的不认为有必要……”

“得了，别抢走我的好运！我再喂最后第三次，看看到底会怎么样！下一次是什么时候？两点钟，是吗？”

“是的。”

“我都混合好了，”他说，“每一样东西都混合好了，全准备妥当，时候一到，你只要去食品室把它从架子上拿下来，加热一下。这多少是一种帮助，不是吗？”

妇人从跪着的姿势中站了起来，走近他，吻了一下他的脸颊。“你真是个好男人，”她说，“随着对你一天天的了解，我越来越爱你了。”

随后，过了中午，在屋外的阳光中，当艾伯特在蜂箱之间忙碌时，他听到她在屋里叫他。

“艾伯特！”她在喊叫，“艾伯特，快来！”她穿过一片毛茛花向他跑来。

他迎着她走过去，不知道出了什么事。

“嗨，艾伯特！猜猜看怎么啦！”

“怎么啦？”

“我刚喂完两点钟的食物，她把它全喝了！”

“不会吧！”

“一滴也不剩！嘿，艾伯特，我太高兴了！她会好起来的！正如你说的，她转危为安了！”她走到他身边，用双臂搂住他的脖子拥抱他，他则轻轻拍着她的背，笑着说她是个了不起的小妈妈。

“艾伯特，喂下一顿时你进来看着，看她是否还能喝完？”

他告诉她，他无论如何不会错过。她再一次拥抱他，然后转身跑回屋里，一路唱着歌，蹦跳着穿过草地。

六点钟的喂食时间快要到了，气氛自然还是悬念多多。这父母两人在五点半钟就已经坐在起居室里，等着那一刻的到来。装着营养配制奶的瓶子，放在壁炉架上的一锅温水里，宝宝还在沙发旁的简易婴儿床里熟睡。

离六点钟还有二十分钟的时候，她醒了，大哭大叫起来。

“你瞧！”泰勒太太喊道，“她是要奶瓶。快把她抱起来，艾伯特，把她给我。先把奶瓶给我。”

他给了她奶瓶，然后把婴儿放到妇人的膝盖上。她谨慎地用奶嘴的顶端碰了一下婴儿的嘴唇。婴儿用齿龈咬住奶嘴，使劲地大口吮吸起来。

“嗨，艾伯特，这不是太神奇了吗？”她一边说着，一边快乐地笑出声来。

“真是太好了，梅布尔。”

七八分钟之后，整瓶奶都流进了婴儿的咽喉。

“你这聪明的女孩，”泰勒太太说，“又是四盎司。”艾伯特·泰勒在椅子上探过身去，专注地看着婴儿的脸。“你知道吗？”他说，“她甚至看起来好像已经胖了一点，你觉得呢？”

母亲低头看着婴儿。

“梅布尔，你有没有觉得和昨天相比，她变得大了一点，胖了一点？”

“也许是的，艾伯特，我说不准。虽然这样短的时间不可能有什么真正的增长，但重要的是她能正常吃了。”

“她转危为安了，”艾伯特说，“我觉得你不必再担心什么了。”

“我当然不会。”

“你要我上楼去，把摇篮拿回我们自己的房间吗，梅布尔？”

“好的，拿上去吧。”她说。

艾伯特搬着摇篮上楼。妇人抱着孩子跟着，换了尿布后，她轻轻把孩子放在婴儿床里，然后盖上被单和毯子。

“她看起来很可爱是不是，艾伯特？”她低声说，“是你一生中见过的最漂亮的宝宝，对吗？”

“梅布尔，现在让她自己待一会儿吧。”他说，“快下楼去，为我们做一点晚餐，我们俩也该吃点什么了。”

吃完饭后，这对年轻父母安坐在起居室的扶手椅里，艾伯特看着杂志，抽着烟斗，泰勒太太在编织毛线。这是和前一个晚上多么迥然不同的情景！突然间，所有的紧张消除了。泰勒太太漂亮的椭圆脸上洋溢着快乐，她的面颊呈现粉红的颜色，眼睛闪闪发亮，嘴角上挂着一抹梦幻的、心满意足的微笑。她时而从编织物上抬起眼睛挚爱地凝视她的丈夫，偶尔，她会完全停住编织针的嚓嚓声，几秒钟里一动不动地坐着，盯着天花板，倾听楼上有没有哭声或呜咽声。然而一切都很安静。

“艾伯特。”过了一会儿她说。

“怎么啦，亲爱的？”

“昨天夜里你冲进卧室时想要告诉我什么？你说你对宝宝想到了一个主意。”

艾伯特把杂志放在膝盖上，他的脸上浮现出一种意味深长的狡黠表情。

“我说过吗？”他说。

“是的。”她等着他继续说，但是他没有。

“是什么天大的玩笑？”她问，“你为什么那样傻笑？”

“那是一个玩笑，行吗？”他说。

“把它告诉我，亲爱的。”

“我不确定我是否应该告诉你，你可能会说我是个骗子。”

她很少看见他像现在这样沾沾自喜，她也对他笑了笑，鼓励他说下去。

“我只是想看你听到后有什么表情，梅布尔，仅仅是这样。”

“艾伯特，那么到底是怎么回事？”

他停了停，对她的追问没有回应。

“你觉得孩子好些了，对吗？”他问。

“我当然这样认为。”

“你同意我的说法吗，突然间她吃得很好，看起来也与之前有天壤之别？”

“我同意，艾伯特，是的。”

“那很好。”他说着，笑容绽放得更灿烂了，“你看，这就是我干的事。”

“干了什么？”

“我医好了宝宝。”

“是的，亲爱的，这我没有异议。”泰勒太太说着又开始继续她的编织。

“你不相信我，对吗？”

“我当然相信你，艾伯特。功劳全是你的，每一点都归你。”

“那么我是怎么做到的呢？”

“哎，”她说着，然后停住想了想，“我想原因很简单，你是一个技术高超的餐料调配师。自从你开始混合食物，她就变得越来越好。”

“你认为我有什么混合食品的诀窍？”

“显然是这样的。”她一边编织，一边暗自笑着，心想男人是多么有趣。

“我要告诉你一个秘密，”他说，“你是完全正确的，不过提醒你一下，重要的不是怎么混合它，而是放什么进去。你明白这点，对吗，梅布尔？”

泰勒太太突然停下编织，抬起头，目光锐利地看向她的丈夫。“艾伯特，”她说，“你不是要告诉我，你在孩子的牛奶里放了什么东西吧？”

他坐在那里咧嘴笑着。

“说呀，你倒是有还是没有？”

“这有可能。”他说。

“我不相信。”

他脸上浮现出一种奇怪的凶恶表情，还露出了牙齿。

“艾伯特，”她说，“别这样作弄我。”

“亲爱的，我说。好吧。”

“你并没有真的往她牛奶里放任何东西，对吗？老实回答我，艾伯特。对这么小的婴儿来说，这很严重。”

“答案是放了，梅布尔。”

“艾伯特·泰勒！你怎么能这样？”

“先别激动，”他说，“如果你真的希望我说，我会把所有的事情告诉你，但看在上帝的分上，别发火。”

“是啤酒！”她喊着，“我就知道它是啤酒！”

“梅布尔，求你别说这样的傻话。”

“那么是什么？”

艾伯特轻轻地把烟斗放在旁边的桌子上，身子向后靠在椅背上。“告诉我，”他说，“你有没有偶尔听我提起过一种叫作蜂王浆的东西？”

“没有。”

“这是个神奇的东西，”他说，“完全是魔法。昨天夜里我突然想到，如果我把它放一些到孩子的牛奶里……”

“你怎么敢！”

“你看，梅布尔，你甚至还不知道它是什么。”

“我才不管它是什么，”她说，“你不能把这样一种不相干的东西放进一个小婴儿的牛奶里。你简直是疯了。”

“它没有丝毫害处，梅布尔，否则我是不会这么做的。它来自蜜蜂。”

“我早就该想到这一点的。”

“它很珍贵，以至于几乎没人吃得起。他们吃的话，也仅仅是每次一小滴。”

“我可以问一下吗，你给我们的宝宝放了多少？”

“嘿，”他说，“这就是关键所在，也是区别所在。我估计我们的宝宝，仅仅在过去的四次喂食中，大约已经咽下了世上其他食用过蜂王浆的人的五十倍分量。怎么样？”

“艾伯特，别耍弄我。”

“我发誓。”他得意洋洋地说。

她坐在那里瞪着他，眉头紧皱，嘴巴微微张开。

“梅布尔，如果你想买它，你知道这东西的实际价格吗？美国有一个地方，就在此时此刻，正在做销售广告，差不多一磅罐装的要五百美元！五百美元！你要知道，那比金子还贵！”

她根本不知道他在说什么。

“我会让你知道这是真的。”他说着跳起来，走到那个大书柜前，那里放着他有关蜜蜂的所有文献资料。在最高一层，过期的《美国蜜蜂杂志》整齐地堆叠在《英国蜜蜂杂志》《养蜂工艺》和其他杂志的旁边。他拿下《美国蜜蜂杂志》的最近一期，翻到后面分类小广告的一页。

“你看，”他说，“正如我所说的，‘我们销售蜂王浆—— 每罐一磅装，批发价为四百八十美元’。”他把杂志给她，让她可以自己看。

“现在你相信了吧？这是纽约的一个实体商店，梅布尔，上面就是这样说的。”

“它可没说你能把它掺在一个几乎刚出生的婴儿的牛奶里。”她说，“我不知道你是怎么想的，艾伯特，我真的不知道。”

“它治好了她，不是吗？”

“我现在还不确定。”

“别犯傻了，梅布尔，你心知肚明。”

“那么为什么别人不让他们的婴儿吃？”

“我一直在跟你说，”他说，“这东西太昂贵了，世界上除了一两个千万富翁，几乎没人吃得起蜂王浆。购买蜂王浆的都是些大公司，用它来制造妇女面霜和类似的产品。他们用它作为一个噱头，把一点点蜂王浆混入到一大罐面霜里，然后包装成抢手货卖出天价。他们声称它能消除皱纹。”

“它能吗？”

“我怎么会知道，梅布尔？不管怎样，”他说着回到他的椅子上，“这不重要。重要的是，就在过去几个小时里，它对我们的小宝宝有如此奇妙的功效，让我觉得我们应该给她一直吃下去。现在，请别打断我，让我把话说完。我那里有二百四十只蜂箱，如果我将其中大概一百只移作采集蜂王浆之用，我们应该能够供给她所需要的全部用量。”

“艾伯特·泰勒，”妇人瞪大了眼睛对他说，“你疯了吗？”

“请听我说下去好吗？”

“我不允许你这样做，”她说，“绝对不可以，你不能再给我的孩子一滴那种可怕的东西。明白吗？”

“梅布尔……”

“更何况我们去年的蜂蜜产量糟糕透了，如果你现在去折腾这些蜂箱，谁也说不准会发生什么。”

“梅布尔，这对我的蜂箱没有什么坏处。”

“你应该很清楚，去年我们的产量只达到正常时的一半。”

“行行好，好吗？”他说，“让我来解释这种东西产生的一些神奇效果。”

“你甚至还没有告诉我那是什么。”

“这没问题，梅布尔，我会告诉你的。你要听吗？你会给我一个机会解释它吗？”

她叹了一口气，再一次拿起她的编织物。“我想，你不妨一吐为快吧，艾伯特，继续说，把一切都告诉我。”

他踌躇着，有点不确定现在该如何开始。要把这样的事情向一个对养蜂业知之甚少的人解释清楚，还真不是一件易事。

“你知道的，对吧，”他说，“每群蜜蜂只有一个蜂王？”

“我知道。”

“所有的卵都是蜂王产下的？”

“是的，亲爱的，这我很清楚。”

“好，其实蜂王能下两种不同的卵，你也许不知道这点，但是它能。这就是我们所说的蜂巢奇迹之一。它能产下孵出雄蜂的卵，也能产下孵出工蜂的卵，如果这不算奇迹，梅布尔，那么我不知道什么才是奇迹。”

“是的，艾伯特，你说得对。”

“雄蜂是雄性的，我们无须去考虑它们。工蜂全都是雌性，当然，蜂王也是。但工蜂是失去性功能的雌性，你是否明白我说的意思，它们的器官完全没有发育；相反，蜂王却有惊人的性能力，它竟然能在一天内产下重达自身体重的卵。”

他犹豫一下，整理着自己的思路。

“情况是这样的：蜂王在蜂房里爬来爬去，在我们称为巢室的地方产卵。你记得你在蜂巢里看到的几百只小孔吗？好，巢室除了没有蜂蜜而有卵之外，和蜂巢长得差不多是一样的。蜂王在每个巢室产下一个卵，三天之内每一个卵都会孵化成很小的毛虫。我们称它为幼虫。

“这种幼虫一出现，保育蜂——就是青年工蜂——全都会聚集到它们周围，开始疯狂地喂养它们。你知道它们是以什么为食吗？”

“蜂王浆。”梅布尔耐着性子回答。

“对啦！”他喊起来，“这正是它们赖以为生的东西。工蜂把这些东西从它们头部的腺体中取出，然后开始注入到巢室里，用来喂养幼虫。然后你猜怎么样了？”

他戏剧性地停住，眨动着淡灰色的小眼睛。然后慢慢地在椅子上转过身，伸手去拿昨夜他读的那份杂志。

“你想知道接下来会发生什么吗？”他舔了舔嘴唇，问道。

“我可迫不及待了。”

“蜂王浆，”他大声读着，“肯定是一种营养价值极高的物质，因为仅靠这种食物，蜜蜂幼虫的体重就能在五天之内增加一千五百倍！”

“多少倍？”

“一千五百倍，梅布尔。如果你把它套用在人类身上，你知道这意味着什么？它的意思是，”接着他压低声音，凑近身子，用一双灰色的小眼睛直视着她，“它的意思是，在五天之中，一个生下重七磅半的婴儿会增加到五吨重！”

泰勒太太第二次停下她的编织。

“当然对这句话你可不能太当真，梅布尔。”

“谁说我不能？”

“这只是一种科学的描述，仅此而已。”

“那好吧，艾伯特，说下去。”

“但这只是故事的一半，”他说，“后面还有更多关于蜂王浆的真正神奇之处，我还没有告诉你呢。现在我来告诉你，它是怎样让一只看起来平凡呆笨、全然没有性器官的小工蜂变成一只美丽的、能生育的大蜂王。”

“你是说我们的宝宝看上去平凡呆笨？”她厉声问。

“梅布尔，求你了，我可没这么说，你只需听下去。你知道吗，蜂王和工蜂，虽然它们长大后截然不同，但它们都是由完全相同的卵孵化出来的？”

“我不相信。”她说。

“这就像我现在坐在这里一样真，梅布尔，我没骗你。任何时候，只要蜜蜂们希望卵孵化出的是蜂王而不是工蜂，它们就能做到这样。”

“怎么做到的？”

“哦，”他一边对着她晃动他粗大的食指，一边说道，“那正是我要说下去的。它是整个事情的秘密所在。那么，梅布尔，你认为是什么使得这样的奇迹发生的？”

“蜂王浆。”她回答，“你已经告诉我了。”

“正是蜂王浆。”他从座位上跳起来，拍着手叫喊着。他那张大圆脸因激动而发热，两片鲜艳的红晕在左右面颊上显现。

“它是这样工作的。我用很简单的方式来告诉你，蜜蜂需要一个新蜂王，所以它们建造了一个格外大的巢室，我们称它为王台，它们让老蜂王在那里产下一个卵，而其他的一千九百九十九个卵就产在普通的工蜂巢室里。于是，这些卵一孵化成幼虫，保育蜂就会在周围集合起来，开始注入蜂王浆。所有的幼虫，包括工蜂和蜂王的幼虫，都以蜂王浆为食。梅布尔，你仔细听着，重点来了，它们的不同之处在于工蜂的幼虫，仅仅在孵出后的头三天能得到这种特殊而神奇的食物，之后它们的饮食完全改变，实际就是它们被断奶了，这有别于普通的断奶，因为实在是太突然了。第三天以后，它们差不多直接进食一些常规的蜜蜂食物——蜂蜜和花粉的混合物——然后，大约两周以后，它们长成工蜂从巢室里出来。

“但王台里的幼虫不是这样！这个幼虫在其幼虫期，自始至终都食用蜂王浆。保育蜂直接把蜂王浆倾泻在巢室里，量非常多，实际上小幼虫是浮在它上面的。这就是它成为蜂王的原因。”

“你拿不出证据。”她说。

“梅布尔，求你别说傻话了。数以千计的人一次又一次证明了它，他们是全世界各国的顶级科学家。你只要把一只工蜂房里的幼虫拿出来放到王台里—— 我们称这为移植法—— 只要保育蜂保持蜂王浆的充足供应，然后，瞧！—— 它将长成一个蜂王！更令人不可思议的还有，当蜂王和工蜂长大后，它们之间存在巨大的差异，不仅腹部的形状不同，连它们蜇人的刺也长得不一样，腿也是不一样的。那……”

“它们的腿有什么不同？”她问道，想要难倒他。

“腿？好吧，工蜂腿上有一个小小的花粉篮，是用来装运花粉的。蜂王的腿上没有。还有另一件事，蜂王有充分发育的性器官，而工蜂没有。最惊人的是，蜂王平均可以存活四到六年。而工蜂仅仅活几个月。产生所有这些不同的原因，简单来说可以归纳为一点：因为它们中一个是吃蜂王浆，而其他的不是！”

“这简直难以置信，”她说，“食物能造成这所有的结果。”

“当然是令人难以置信的。这是蜂巢的另一个奇迹，实际上也是它们当中最大的奇迹，它是这样一个让最伟大的科学家困惑了几百年的巨大奇迹。等一会儿，你等着，别走。”

他又跳了起头，走到书柜边，开始在书籍和杂志中翻找。

“我要找几份报道给你看。在这里，这是其中一份，听这个。”他开始大声读一本《美国蜜蜂杂志》中的文章：

“‘弗雷德里克·A. 班廷博士[1]住在多伦多，为了表彰他发现胰岛素、对人类做出了真正伟大的贡献，加拿大人民为他成立了一个高级研究实验室，任命他为所长。他对蜂王浆产生了好奇，他要求

---

1 *Frederick A. Banting*，1891—1941，加拿大杰出的医学家，诺贝尔生理学或医学奖获得者。

他的下属对它做一个基本的成分分析……'"

他停了一下。

"好了，没有必要把全文读完，但事情就是这样发生了。班廷博士和他的员工从王台里拿了一些蜂王浆，里面还有一只两天大的幼虫，他们开始研究分析。你猜他们发现了什么？"

"他们发现，"他说，"蜂王浆里含有苯酚、固醇、甘油基、葡萄糖，和—— 现在还未知的—— 百分之八十到八十五的未知酸类！"

他手里拿着那份杂志站在书柜旁边，露出一丝玩味而隐秘的胜利微笑，而他的妻子则困惑地看着他。

他的个头不高，长着一副粗胖的多肉身躯，由两条几乎接近地面的短腿支撑着身体。他的腿有些轻微弯曲，脑袋又大又圆，上面覆盖着粗硬的短发，现在他已经不再修脸了，大部分脸被差不多一英寸[1]长的棕色细毛遮住。无可争议的是，不管怎么看，他的样子都相当丑陋奇异。

"百分之八十到八十五，"他说，"未知酸类，这难道不奇妙吗？"他转身面向书柜，在其他杂志中搜寻。

"那是什么意思，未知酸类？"

"这正是问题的要点！没有人知道！甚至连班廷也不知道。你听说过班廷吗？"

"没有。"

"他正是当今世界上还健在的最著名的医生，就是这样。"

此刻，她看着他匆忙地在书柜前走来走去的样子，看着他那长满粗硬头发的脑袋，他那毛茸茸的脸，他那粗壮多肉的身体，她不

1 英制长度单位，1英寸等于2.54厘米。

禁想到，不知什么缘故，很奇怪，这个男人有点儿像蜜蜂。她以前经常看到女人长得像她们骑的马，她还注意到那些养鸟、牛头㹴或博美犬的人，常常在某种程度上与他们心爱的动物相似。但是直到这一刻之前，她还从没有想到过她的丈夫看上去会像一只蜜蜂，她有点儿震惊。

“班廷可曾尝试过食用它，”她问，“这种蜂王浆？”

“他当然没有吃过，梅布尔。因为他没有足够的钱，蜂王浆太贵重了。”

“你知道吗？”她一边面带着微笑盯着他，一边说，“你自己看上去有那么一丁点儿像只蜜蜂了，你知道吗？”

他转过身来，看着她。

“我想这多半是因为你的胡须，”她说，“我希望你别再留着它，甚至那颜色也和蜜蜂的一样，你不觉得吗？”

“你这该死的在说些什么呀，梅布尔？”

“艾伯特，”她说，“你说粗话！”

“你想继续听下去，还是不想听了？”

“好啦，亲爱的，我很抱歉，我只是开个玩笑。说下去吧。”

他再次转过身，从书柜中抽出另一本杂志，开始一页一页地翻过去。“好，听听这个吧，梅布尔。‘一九三九年，海尔用出生了二十一天的老鼠做实验，给它们分别注射了不同剂量的蜂王浆。结果，他发现老鼠卵巢中卵泡发育的早熟程度与给它们的蜂王浆注射量成正比。’”

“你瞧！”她喊着，“我早就知道！”

“知道什么？”

“我知道会发生可怕的事情。”

“胡说，这并没有什么错。梅布尔，下面还有一个，‘斯蒂尔和伯德特发现一只之前一直不能繁殖的雄性鼠，在每天接受微量的蜂王浆后，一次又一次地当上了父亲’。”

“艾伯特，”她叫起来，“这东西用在婴儿身上太强烈了，我一点也不喜欢它。”

“胡说，梅布尔。”

“那么，为什么他们只在小老鼠身上试验，告诉我？为什么这些著名科学家自己不去试试？他们太聪明了，这就是原因。你认为班廷医生想长出一个宝贵的卵巢吗？他不会的。”

“但是他们已经用在人身上了，梅布尔。这是有关它的整篇文章，你听听。”他翻到那一页，又开始朗读那本杂志，“‘在墨西哥，一九五三年，一群开明的内科医师开始开出微小剂量的蜂王浆处方，来治疗大脑神经炎、关节炎、糖尿病、抽烟引发的自体中毒、男性阳痿、哮喘、喉炎和痛风……有堆成山的签了名的证明书……墨西哥一个著名的股票经纪人感染了一种特别顽固的牛皮癣，他因此变得不受欢迎，他的客户纷纷离开，生意开始受挫。在绝望中他求助于蜂王浆，每餐一滴，瞧！他在两个星期后痊愈了。还是在墨西哥城，耶拿餐厅的一个服务生，据报道，他的父亲服用了含有这种神奇物质的微量胶囊之后，在九十岁之际喜得一个健康男孩。阿卡普尔科的一名斗牛活动承办人，他发现自己带着出场的是一头看上去无精打采的公牛，于是在进竞技场之前给它注射了一克蜂王浆（这是一个超大的剂量）。于是，这头野兽突然变得无比敏捷和凶残，快速地杀死了两个斗牛骑手、三匹马和一个斗牛士，最终……’”

“你听！”泰勒太太打断了他，“我想是宝宝在哭。”

艾伯特从他的读物上抬起眼睛。的确，一阵有力的哭喊声从楼上的卧室传来。

“她肯定饿了。”他说。

他的妻子看了看钟。“天哪！”她跳着喊起来，“又过了她的喂食时间，快，艾伯特，你去混合食物，我去抱她下来！但是赶快！我不想让她久等。”

半分钟后，泰勒太太双臂抱着尖叫着的婴儿下来。此刻她手忙脚乱，她还不太习惯这种健康婴儿想要食物时让人心惊肉跳的不停吵闹。“快点，艾伯特！”她呼喊着坐进扶手椅，把孩子放在膝盖上，“拜托你快些！”

艾伯特从厨房进来，把装着温牛奶的奶瓶给她。“冷热正好，”他说，“你不用试了。”

她把孩子的头往上托到她的臂弯处，然后直接把橡胶奶嘴推进那张张得大大的在哭喊的嘴巴里。婴儿含住它，开始吮吸。叫声停住了，泰勒太太的神经松弛下来。

“嘿，艾伯特，她是不是很可爱？”

“她非常棒，梅布尔，多亏了蜂王浆。”

“听我说，亲爱的，别再提那个讨厌的东西，我不想再听到一个字，快把我吓死了。”

“你在犯一个大的错误。”他说。

“咱们走着瞧。”

婴儿在继续吮吸奶瓶。

“艾伯特，我相信她又会整个儿喝完。”

“我肯定她会的。”他说。

几分钟过后，牛奶全部喝光了。

“哦，你真是个好女孩！”泰勒太太一边大声说着，一边开始非常缓慢地往外抽出奶嘴。宝宝感觉到她正在做什么，就更加用力吮吸，不想松开。妇人飞快地轻轻一拉，扑通一声，奶嘴出来了。

“哇！哇！哇！哇！哇！”婴儿哭喊着。

“讨厌的胀气。”泰勒太太边说边把婴儿举到她的肩膀上，轻轻拍着她的背。她连拍出了两个嗝。

“现在好了，我亲爱的宝贝，现在你没事了。”

哭喊声停住了几秒钟，然后又重新开始了。

“让她再打嗝，”艾伯特说，“她喝得太快。”

他妻子把孩子举回肩上，轻轻揉搓她的脊梁，又把她从一边肩膀换到另一边。时而把她腹部朝下放在膝盖上，时而让她起来坐在膝上，她没有再打嗝，但是哭喊声一分钟比一分钟更大，也更咄咄逼人。

“这对肺有好处，”艾伯特·泰勒咧开嘴笑着说，“那是他们锻炼肺部的方式，梅布尔，你知道吗？”

“好啦，好啦，好啦，”他妻子一边说着，一边在孩子整张脸上吻来吻去，“好啦，好啦，好啦。”

他们又等了五分钟，但是尖叫声仍然一刻不停。

“换尿布，”艾伯特说，“尿布湿了，没什么大事。”他从厨房拿来一块清洁的尿布，泰勒太太把旧的拿掉，把新的裹上去。

这样并没有使状况发生丝毫变化。

“哇！哇！哇！哇！哇！”婴儿叫着。

“你没有让安全别针扎到她的皮肤，是吗，梅布尔？”

“我当然没有。”她说着伸手在尿布下面摸了摸，确定没有。

这对父母就这样面对面地坐在扶手椅上，心神不宁地颤抖着，看着在母亲膝上的宝宝，等着她累了后停止尖叫。

“你知道吗？”最终，艾伯特·泰勒说。

“什么？”

“我敢打赌她还是饿。我敢打赌她要的就是再来一瓶，要不我们额外再给她一份怎样？”

“我觉得我们不应该这样，艾伯特。”

“这对她有好处，”他说着从椅子上站起来，“我去给她热一热第二份。”

他走进厨房，几分钟之后拿着一瓶满满的牛奶回来。

“我给她弄了个双倍的，”他宣布，“八盎司，只是怕万一还不够。”

“艾伯特，你疯了！难道你不知道，喂得过饱和喂得太少一样糟糕吗？”

“你不必给她吃太多，梅布尔，只要你高兴，可以随时停下来。来吧。”他站在她前面说道，“给她喝点。”

泰勒太太开始用奶嘴的顶端逗弄婴儿的嘴唇。那张小嘴像个夹子一样夹住了橡胶奶嘴，屋子里瞬间安静下来。婴儿全身舒展，开始喝奶，一脸的安详。

“你瞧，说对了吧，梅布尔！我说什么来着？”

妇人没回答。

“她饿极了，就是这样子。看着她吸奶的样子就一目了然。”泰勒太太看着瓶中牛奶的水平面，它下降得很快，瞬息之间，八盎司中的三到四盎司就不见了。

“瞧，”她说，“够了。”

“梅布尔，现在你可不能把它拔出来。”

“要，亲爱的。我必须拔。”

“继续喂，老婆。让她喝完剩余的，别那样惊慌失措。”

“可是艾伯特……”

“她非常饿，你难道看不出来？继续喂，我的美人。”他说，“把这瓶喂光。”

“我可不愿意这样，艾伯特。”他的妻子说道，但她并没有把奶瓶抽离。

“她在弥补失去的能量，梅布尔，她做的仅此而已。”

五分钟之后，奶瓶空了，泰勒太太慢慢地抽出奶嘴，这一次没有遭到婴儿的抗议。没有一点声音，她平静地躺在母亲的膝盖上，眼中洋溢着满足，嘴巴半张着，嘴唇上留着一抹牛奶。

“整整十二盎司，梅布尔！”艾伯特·泰勒说，“正常量的三倍！是不是太惊人了！”

妇人低头注视着宝宝。此刻，那种身为人母的惊恐失措、焦虑不安、紧闭双唇的老神情又慢慢回到她的脸上。

“你怎么啦？”艾伯特问，“你在担心，是吗？你不能指望她只喝糟糕的四盎司就能恢复正常，别傻了。”

“过来，艾伯特。”她说。

“什么？”

“我要你过来。”

他走过去站在她旁边。

“仔细看看她，告诉我你是否发现了什么异样。”

他贴近宝宝看着。“你的意思是她好像更大了？梅布尔，她是大了些，也胖了些。”

“抱着她，”她命令道，“快呀，把她抱起来。”

他伸出手把宝宝从母亲的膝盖上抱起来。“老天爷！”他喊着，

“她简直有一吨重！”

“一点不错。”

“这不是很棒吗？”他脸上堆满笑容，喊叫道，“我敢打赌她差不多已经恢复正常了。”

“我很害怕，艾伯特。这变得太快了。”

“胡说，妇人之见。”

“是那些恶心的蜂王浆干的好事，”她说，“我讨厌那东西。”

“蜂王浆没有什么可恶心的。”他愤愤不平地回答。

“别傻了，艾伯特！一个孩子开始以这样的速度增加体重，你认为正常吗？”

“你永远不会满意！”他粗着嗓子说，“当她瘦下去的时候，你惶惶不可终日，现在她增重了，你又极度恐惧！你究竟怎么啦，梅布尔？”

妇人双手抱着婴儿从椅子上站起来，开始朝门走去。“我唯一能说的是，”她说，“幸好我在这里看着你不再给她那东西，我能说的仅此而已。”她从大开的门中径直走出去，穿过走廊，艾伯特注视着她走到楼梯口，开始上楼，她上了三四级楼梯，突然又停下来，静静地站了几秒钟，好像想起了什么事情。然后她又转身非常迅速地走下来，回到房间里。

“艾伯特。”她说。

“又怎么啦？”

“我想说，在我们刚才喂她的最后一次奶里面，你没有加蜂王浆吧？”

“我不知道你为什么要那样想，梅布尔。”

“艾伯特！”

“怎么啦？”他露出温和而无辜的神情询问道。

“你竟敢！”她喊叫。

艾伯特·泰勒那张长满胡须的大脸露出痛苦和迷惑的神色。“我觉得你应该高兴她体内又补充了一次大剂量的蜂王浆，”他说，“说真的，这的确是一次大剂量，梅布尔，相信我吧。”

妇人站在门的里侧，紧紧搂着在她臂上睡着的宝宝，睁大双眼瞪着她丈夫。她笔直地站着，身体因愤怒而僵硬，她的脸色苍白，双唇从未如此紧闭。

“你记住我说的，”艾伯特说，“你很快就会有一个在全国任何婴儿节目里都能拿第一名的孩子。喂，你为什么现在不称一下，看看她有多重了？你要我拿磅秤来吗，梅布尔？这样你就能称一下她了。”

妇人径直走到房间中央的大桌子旁，把孩子放在桌上，开始迅速地脱她的衣服。“是的！”她急急地说，“拿磅秤来！”她先脱了孩子的小睡衣，然后是汗衫。

接下来她松开别针别着的尿布，把它抽掉，宝宝赤裸着躺在桌子上。

“梅布尔！”艾伯特大叫道，“真是个奇迹！她竟然胖得像只小狗了！”

事实上，自从前一天开始，这个孩子增长的肉量是惊人的。原本那个下陷的、到处可见肋骨的小小胸部，现在变得饱满而圆滚滚的，像个桶，而肚子更是高高鼓起。然而奇怪的是，她的双臂和双腿似乎没有按比例长大，依然短小、瘦削，它们看上去像是从一团脂肪中伸出来的小棍子。

“你看！”艾伯特说，“她肚子上甚至开始长出一些绒毛来保暖呢！”

他伸出一只手，指尖掠过那些突然出现在婴儿肚子上的、柔滑的黄棕色绒毛。

“别碰她！”妇人惊叫起来，她转过身面对着他，她的眼睛在发光，她的模样突然变得像是某种小斗鸡，朝他拱起脖子，像是马上就会飞到他的脸上，把他的眼珠啄出来。

“慢着。”他一边说着，一边向后退。

“你简直是疯了！”她大声喊着。

“梅布尔，等一下，行吗，这是因为你还觉得这东西很危险……这只是你的想法，不是吗？好吧，那么你仔细听好了，梅布尔，我现在应该彻头彻尾地证明给你看，蜂王浆对人类是绝对无害的，即便是服用巨大的剂量。例如——你觉得为什么去年我们的蜂蜜产量只有通常的一半？告诉我。”

他向后倒退，后退到距她三到四码的距离，似乎在这个位置他觉得更舒服。

“去年夏天我们只有通常一半产量的原因，”他压低了声音，慢慢地说道，“是因为我把一百个蜂箱转变为生产蜂王浆了。”

“你说什么？”

“啊，”他轻声说，“我想这可能让你大吃一惊。正是在那以后，我就在你的眼皮底下这样做了。”他的小眼睛对她闪动着光亮，一丝狡猾的微笑慢慢爬上了他的嘴角。

“你永远也猜不出个中原因，”他说，“到现在为止我一直不敢提这件事，因为我觉得它可能会……怎么说呢……可能会让你有点困惑。”

他稍稍停顿了一下，双手合掌，放在胸前，然后用一只手掌搓着另一只，发出轻柔的刮擦声。

“你还记得我给你读的杂志上的那段话吗？那段有关于小老鼠的？让我看看，它是怎样说的？‘斯蒂尔和伯德特发现一只之前一直不能繁殖的雄性鼠……’”他一边咧着嘴笑着，一边犹豫不决地说道。

“你明白我的意思吗，梅布尔？”

她面对他，非常平静地站着。

“梅布尔，我第一次读到那句话的时候，从椅子上跳了起来，我自言自语道，如果它对一只糟糕的老鼠有效果，那么，也没理由对艾伯特·泰勒不起作用。”

他再次停下来，向前伸长脖子，一只耳朵微微转向他妻子那边，等着听她说点什么。可是她没吭声。

“还有一件事情，”他继续说道，“这让我感到如此的不可思议，梅布尔，也让我感到真的和以前判若两人，因此，即使在你宣布了喜讯后，我还继续服用它。在过去十二个月里，我肯定咽下了好几桶。”

妇人那双沉重而困惑的大眼睛正专注地扫视着男人的脸和脖子。那脖子上没有露出一点皮肤，甚至两侧耳朵以下也是。整条脖子一直延伸到衬衫领圈，全都覆盖着短而柔滑的毛发，呈现出泛黄的黑色。

“告诉你吧，”他转身背着她，钟爱地看着孩子说道，“它对一个小宝宝的作用将远比像我这样发育完全的人要好。你只要看看她就能知道，不是吗？”

妇人的目光慢慢向下移动，最后落到婴儿身上。小宝宝裸着身子躺在桌子上，又胖又白，处于昏睡的状态，像是一只巨大的幼虫，快要结束它的幼虫期，不久就会在这个世界上初露锋芒，长出上下颚和翅膀。

“你为什么不把她盖好，梅布尔？”他说，“我们可不想让我们的小王后感冒。”

首次发表于《吻了又吻》1960

天鹅

厄尼在生日的时候得到了一把 22 口径的来复枪。这是个星期六的早上，才九点半，他父亲就已经懒懒地坐在沙发上看电视了，并对他说："小伙子，让我们看看你能逮住什么。让自己有点作为，为我们的晚餐带一只兔子回来。"

"我知道在湖泊另一边的大牧场里有兔子，"厄尼说，"我看见过它们。"

"那么，去那里逮一只来，"他父亲一边用一根折断成两半的火柴梗剔出嵌在两颗门牙间的早餐残物，一边说，"去吧，为我们逮一只兔子来。"

"我会带两只给你们。"厄尼说。

"回来的路上，"他父亲说，"给我带一瓶一夸脱装的棕色艾尔啤酒。"

"那你要给我钱。"

他父亲从口袋里摸出一英镑纸币，目光并没有从电视上离开。"不要像上次那样，把找回的零钱给掐了，"他说，"如果再这样，你会挨耳光，我管你是不是生日。"

“放心吧。”厄尼说。

“如果你想练习，做到眼快枪准，”他父亲说，“打鸟是最好的。看你能打下多少麻雀，我说得对吗？”

“对。”厄尼说，“一路上，小路旁的树篱中都有麻雀。打麻雀不在话下。”

“如果你觉得打麻雀容易，”父亲说，“去给我逮一只雌鹪鹩来。雌鹪鹩只有麻雀一半大，它们一秒钟也静不了。在你吹嘘自己有多聪明之前，先逮一只雌鹪鹩来看看。”

“哟，艾伯特，”他的妻子从水斗上抬起眼睛说，“在筑巢季节射杀小鸟，这不太好吧。我不介意兔子，但是筑巢期的小鸟完全是另一码事。”

“闭上你的嘴，”他父亲说，“没人问你的意见。听我说，小子，”他对着厄尼说，“你不要在街上挥舞那玩意儿显摆，因为你还没有拿到执照。到乡下之前，把它藏在裤腿里，知道吗？”

“别担心。”厄尼说着拿起枪和子弹盒，想出去看看有什么可以下手的。他是一个高大、粗野的男孩，正逢十五岁生日。像他当卡车司机的父亲一样，他长着一对小眼睛，在鼻子上方靠得很拢。他的嘴巴有点松松垮垮，嘴唇经常湿漉漉的。在一个以动手打人为家常便饭的家庭中长大，他自己也成了一个极端暴力的人。大多数星期六下午，他都和一帮朋友乘坐火车或公共汽车去看足球比赛，如果在回家前没有卷入一场流血斗殴，他们就认为是白过了这一天。放学后，他会抓住小男孩，把他们的手臂反扭到背后，以此开怀取乐，然后，他会逼着他们用污言秽语来侮辱自己的父母。

“哎哟，求你放手，厄尼，求你！”

“说，否则我把你的手臂扭下来！”

他们只好那样说。然后他会加上一把力，把他们的手臂扭得更紧，受霸凌的小男孩会痛得流出眼泪。

厄尼最好的朋友名叫雷蒙德。他家和厄尼家相隔四户人家，他也是一个看上去比实际年龄大的男孩。雷蒙德长得又高又瘦，肌肉发达，而厄尼是粗壮的、胖墩墩的。

走到雷蒙德的屋外，厄尼把两只手指放进嘴里，吹出一声长而尖锐的口哨。雷蒙德闻讯跑出来。“你瞧，我生日得到的。”厄尼说着，把枪拿给他看。

“天哪！”雷蒙德说，“用这玩意，我们可以乐一乐了！”

“那么，快点！”厄尼说，“我们去湖对岸的大牧场，去打一只兔子。”

这两个男孩出发了。这是五月里的一个星期六早上，男孩们居住的小村庄周围是美丽的乡间，栗树上满是花，山楂树的白花沿着树篱绽放。要到达那个大猎兔场，厄尼和雷蒙德首先得沿着一条遍布树篱的狭窄小路走半英里。然后他们必须越过铁路线，绕着大湖走，那里是野鸭、黑水鸟、白骨顶鸟和环颈鸫的栖息地。到了湖的那边，越过小山，从另一边下去，那片猎兔之地就会铺展在眼前。这里全都是属于道格拉斯·海顿先生的私人领地，湖泊本身还是一个水鸟庇护所。

沿着小路走，他们轮流拿着枪射击树篱上的小鸟。厄尼打下一只红腹灰雀和一只麻雀。雷蒙德打下了第二只红腹灰雀，还打下一只白喉莺和一只黄鹀鹉。每射杀一只鸟，他们便把它的腿绑在一根绳子上。雷蒙德不管走到哪里，衣袋里总会放着一大团绳子，外加一把小刀。现在他们有五只小鸟吊在绳子上了。

“你知道吗，”雷蒙德说，“我们可以吃这些东西。”

“别说这样的傻话，”厄尼说，“它们每只身上就那么点肉，还不够一只西瓜虫吃呢。”

“是真的，”雷蒙德说，“法国人吃它们，意大利人也吃。桑德斯先生上课的时候告诉过我们。他说法国人和意大利人会布网捉下成千上万只，然后饱餐一顿。”

“好，那么，”厄尼说，“让我们看看我们能打到多少，然后，我们把它们带回家炖兔子肉。”

他们顺着小路往前走，射击他们看到的每一只小鸟。当他们走到铁路沿线的时候，他们那串绳子上已经吊着十四只小鸟了。

“嘿！”厄尼轻声说，一边用长长的手臂指着，“瞧那边！”

铁路沿线有一片树和灌木丛，有一个小男孩站在一簇灌木旁边，他仰起头，通过一副双筒望远镜看着一棵老树的树枝。

“你知道那人是谁吗？”雷蒙德压低声音回应道，“那是小笨蛋沃森。”

“你说的没错！”厄尼也低声说道，“那是沃森，这个地球上的渣滓！”

彼得·沃森一直是他们的敌人。厄尼和雷蒙德之所以仇视他，是因为他几乎和他们完全相反。他长着满脸的雀斑，戴着镜片很厚的眼镜，身体又小又弱；他还是一个有才华的学生，虽然只有十三岁，但已经入读学校的高年级；他爱音乐，钢琴弹得很棒；他不好运动，安静而有礼貌；他的衣服，虽然打了补丁，做过缝补，但却总是干干净净的；他的父亲不开卡车，也不在工厂工作，而是在银行任职。

“我们来吓一吓这个小混蛋。”厄尼轻声轻气地说。

两个大男孩偷偷地从背后走近那个小男孩，他没有看见他们，因为他的眼睛在对着双筒望远镜。

“举起手来！”厄尼用枪指着他大声喊叫。

彼得·沃森惊得跳了起来。他把望远镜放低，透过眼镜镜片看着两个闯入者。

“快点！”厄尼喊叫道，“举起手来！”

“如果我是你，我不会用枪对着别人。”沃森说。

“我们正在命令你！”

“所以，快举起手来。”雷蒙德说，“除非你想让你的肚子吃子弹！”

沃森非常镇静地站着，两手拿着望远镜举在胸前。他看了看雷蒙德，然后看了看厄尼。他并不害怕，但是他知道对这两个人装傻是没用的。这些年来，他们对他的注意让他吃尽了苦头。

“你想做什么？”他问。

“我要你举起手来！”厄尼对他叫喊，“你听不懂英语吗？”

彼得·沃森一动不动。

“我数到五，”厄尼说，“如果到那时候手还没举起来，你的肚子会开花。一……二……三……”

彼得·沃森慢慢地把两臂举过头顶，这是他目前唯一能做的明智之举。

雷蒙德走上前去，从他两只手上一把夺过望远镜。“这是什么？”他厉声说，“你在监视谁？”

“我没监视谁。”

“别说谎，沃森。这东西是用来暗中监视的！我敢打赌你正在监视我们！我没说错，对吗？承认吧！”

“我确实没有在监视你们。”

“扇他一个耳光，”厄尼说，“教训他别对我们撒谎。”

“我这就扇他，”雷蒙德说，“我正摩拳擦掌呢！”

彼得·沃森在考虑设法逃脱的可能性。他能做的唯有转身开逃，但这毫无意义，顷刻之间他们就会逮住他。如果他呼救，也没有人能听见。因此，他能做的就是保持冷静，试着用谈话的方法来摆脱困境。

“把手举着！”厄尼尖声咆哮着，他慢慢地把枪管从一边晃到另一边，这是他从电视里学来的匪徒动作，“继续举着，小东西，举着！”

彼得照他说的做了。

“那么，你在偷偷监视谁？”雷蒙德问，“说出来！”

“我在看一只绿颜色的啄木鸟。”彼得说。

“一只什么？”

“一只公的绿色啄木鸟。它在啄那棵老枯树的树干，它在找小毛虫。”

“你看见它在哪里？”厄尼厉声问，然后举起了枪，“我把它打下来。”

“不，你打不到。”彼得看着那串挂在雷蒙德肩上的小鸟，“你叫喊的时候它就飞走了。啄木鸟特别胆小。”

“你为什么看它们？”雷蒙德怀疑地问，“有什么目的？难道你没有更好的事做？”

“观察鸟类是很有趣的事情。”彼得说，“我认为这比射它们有趣得多。”

“什么，你这个厚脸皮的小混蛋！”厄尼咆哮着，“哼，那么你是看不惯我们射鸟了？是不是这意思？”

“我觉得那毫无意义。”

“你不喜欢我们做的任何事，是不是？”雷蒙德说。

彼得没有回答。

“好吧，让我来告诉你，”雷蒙德继续说，“我们也不喜欢你做的任何事。”

彼得的胳膊开始酸痛，他决定冒一个险。他慢慢地把双臂放下，落在身体两侧。

“举起来！”厄尼喊着，“把它们举起来！”

“如果我拒绝呢？”

“啊呀！你胆子真够大，是吗？”厄尼说，“我最后一次警告你，如果你再不举，我就扣扳机了。”

“那是犯罪行为，”彼得说，“会成为警方的一桩案子。”

“那你就会成为医院的一个病案！”厄尼说。

“来呀，开枪啊！”彼得说，“然后他们会送你们去少年犯感化院，那就是监狱。”

他看见厄尼犹豫着。

“你是真的想吃枪子儿，是吗？”雷蒙德说。

“我只想一个人待着，我不曾对你们有任何伤害。”

“你是个自高自大的小混蛋，”厄尼说，“你名副其实，就是个自高自大的小混蛋。”

雷蒙德靠过去，在他耳边轻轻说些什么。厄尼专心地听着，然后一拍大腿说：“这我喜欢！是个好主意！”

厄尼把枪放在地上，向小男孩逼近，然后抓住他，把他摔倒在地上。雷蒙德从口袋里掏出那团绳子，割下了一段，两人合力，强迫他把双臂放在前面，将他的手腕紧紧绑在一起。

“现在绑双腿。”雷蒙德说。彼得挣扎着，肚子上挨了一拳，这使他喘不过气来，只能躺着不动了。接下来，他们又用一根绳子把他的双脚绑在一起。他现在像一只被捆扎起来的鸡，处于一筹莫展的绝境。

厄尼捡起枪，然后用另一只手抓住彼得的一只手臂。雷蒙德抓住他的另一只手臂，两人开始合力把小男孩拖过草地，拖向铁路。

彼得完全保持着静默，因为他知道不管他们想干什么，自己再怎么告诫都无济于事。

他们把受害者拖到路堤，他们站在铁轨上，然后一个人抓着受害者的双臂，另一个人抓着他的双脚，把他抬起来，再纵向放在两条铁轨的中间。

“你们疯了！”彼得说，“你们不能这样！”

“谁说我们不能？这只是给你的一个小小的教训，以后别这么放肆。”

“再拿点绳子来。”厄尼说。

雷蒙德拿出绳团，这两个大男孩开始着手把束手就擒的彼得绑到两条铁轨中间，使他无法脱身。他们把他的每条手臂用绳子绕上几圈，然后将绳子分别从两边的铁轨下穿过，再绑紧，又用同样的方法固定了他的腰和脚踝。他们做完之后，彼得·沃森被捆绑得毫无挣扎的余地，几乎是被死死地固定在铁轨中间。他身体上唯一可以自由活动的部分就是头和脚。

厄尼和雷蒙德退后几步，审视着他们的杰作。“我们干得太漂亮了。”

“每半个小时就有火车开过这条铁路。”雷蒙德说，“我们不会等太久。”

"这是谋杀！"躺在铁轨中间的小男孩叫喊着。

"不，这不是谋杀。"雷蒙德对他说，"这和那档子事完全挨不上边。"

"放了我！求你们放了我！如果火车来了我会被轧死！"

"如果你被轧死，小东西，"厄尼说，"那完全是你自己犯的大错，我来告诉你为什么。因为如果你像现在这样抬起头，那么你就死定了，我的好朋友！如果你一直平躺着，你也许能侥幸逃脱。另外，你也可能难逃此劫，因为我也不确定火车和地面有多大间隙，雷蒙德，你也许知道那些火车离地面有多高吧？"

"非常小。"雷蒙德说，"它们被造得离地面很近。"

"可能够了，也可能不够。"厄尼说。

"让我们这样说吧。"雷蒙德说，"厄尼，对我和你这样的普通人来说，可能足够了，但是对躺在那里的沃森先生，我不太确定，我来告诉你其中原因。"

"告诉我。"厄尼怂恿他说下去。

"沃森先生有一个特别大的脑袋，这就是原因。他那该死的脑袋这么大，我个人认为无论什么情况下，火车的底部都会刮到他。注意了，我倒不是说会把他的脑袋撞落。事实上，我非常肯定它不会，但会在他脸上留下一个好看的深褐色伤疤，这点可以确信。"

"我认为你说得对。"厄尼说。

雷蒙德说："如果你躺在铁路上对着一列开来的火车，却有一个又大又肿、充满脑浆的脑袋瓜子，那是不行的。我说得没错，对吗，厄尼？"

"不错。"厄尼说。

两个大男孩爬回路堤上，坐在灌木丛后面的草地上。

厄尼拿出一包纸烟，两个人点了火。

彼得·沃森无助地躺在铁轨当中，现在他意识到他们不会松开他，这非常危险，那两个男孩疯了，他们只图一时之快，从不考虑后果。彼得告诫自己：我必须尽力保持冷静，仔细思考。他躺在那里，静静地一动不动，权衡他逃生的机会。他是有机会的，他头上最高的地方是鼻子，他估计他的鼻尖高出铁轨四英寸，太高了吗？他很不确定这些现代的柴油机车会高出地面多少，肯定不会高出太多。他的后脑落在两根枕木之间的松松的砾石上，他必须尽力在砾石中向下挖一点。于是他开始左右扭动着自己的头，推开砾石，渐渐地为自己弄出一个小小的凹坑，一个在砾石上的洞穴。最后，他估计这能让自己的头再下沉两英寸。这是脑袋能够做的事，但是脚怎么办呢？它们也突出来。为了解决这个问题，他把两只绑在一起的脚甩到一边，让它们几乎是平躺着。

他等着火车过来。

司机会看见他吗？希望很渺茫，因为这是一条主干线，经由伦敦、唐卡斯特、约克、纽卡斯尔和苏格兰，它们使用的发动机又大又长，司机远远地坐在驾驶室后面，眼睛注意的只是信号。沿着这条轨道，火车大约以每小时八十英里的速度行驶。彼得知道这些，他曾经坐在岸边一次又一次地观察过它们。他在很小的时候，经常把它们的号码记录在一个小本子上，有时候，机车的侧面会用金字写着它们的名称。

不管怎样，他对自己说，这将是一件非常恐怖的事情。那声音会震耳欲聋，那时速达八十英里、发出飕飕声的疾风也绝不会是什么有趣的事情。当火车从他上面飞驰而过时，火车底下会不会产生某种真空，把他吸上去，这很有可能。所以不管发生什么事情，他必须竭尽全力让自己整个身体紧贴地面。不能无精打采的，要让身体保持挺直和紧绷，还要使劲向下压。

“怎么样，阴险的家伙！”他们中的一个从上面的灌木丛中对着他大声叫喊，“等待处决是什么感觉？”

他决定不回答。他看着头上方的蓝天，那里有一片积云在慢慢地从左边飘向右边。为了让自己把注意力从即将发生的事情上移开，他开始做一个游戏。那是在一个炎热的夏天，当他和父亲仰天躺在比奇角一个悬崖上的草地上时，父亲教他的游戏，就是在积云的褶皱、阴影和波涛中寻找陌生的面孔。他父亲说：如果你看得够仔细，总会在上面找到某种面孔。彼得的目光慢慢地在云层上移动着，在一个地方，他发现了一个长着胡子的独眼男子；在另一个地方，是一张带着笑容的长下巴脸。一架飞机从东到西穿过积云，那是一架红色机体的小型高单翼飞机，他想着，那该是一架老式的单翼侦察机吧，他注视着，直到它消失。

然后，突然间他听到两边轨道上传来一阵古怪而轻微的震动声。这声音非常轻柔，几乎听不出来，像是从很远的铁轨上传来的轻轻的敲打声。

那是火车，他告诉自己。

沿着铁轨而来的震动声越来越响，声音越来越大了。他抬起头，能够看到长长的、几乎笔直的铁轨向远方延展了一英里或者更长。然后他看到了火车。起初只是一个小颗粒，一个恍恍惚惚的黑点，但就在他抬头看的几秒钟里，黑点变得越来越大，它开始现出形状，很快它不再是个黑点，而是一辆柴油快车的车头，大大的、方方的、光秃秃的。彼得落下他的头，把它紧紧压到他在砾石中挖出的小坑里，再把双脚摆放到一边，然后紧紧闭上眼睛，努力把身子抵在地上。

火车像是爆炸一样在他上方轰然而过，感觉好似枪在他的脑门上走了火。随着爆炸般的巨响，一股猛烈的、呼啸着的狂风，像一阵威力无比的飓风，灌进他的鼻孔，一直冲入肺部。喧闹声震耳欲聋，风吹得他快要透不过气来，他觉得自己仿佛被活生生地吃掉了，被一头咆哮着的凶残怪兽吞进肚里。

然后一切就结束了，火车开走了。彼得睁开眼睛，看到了蓝天和大片还在头顶飘浮的白云。现在所有的都过去了，他经历了这一幕，他还活着。

“没有撞到他。”一个声音说。

“太可惜了。”另一个声音说。

他瞥了一眼旁边，看到两个大个子笨蛋在盯着他看。

“放开他。”厄尼说。

雷蒙德割断绑在两条铁轨上的绳子。

“松开他的脚，这样他能走路，但让手仍旧绑着。”厄尼说。

雷蒙德割断绕在他脚踝上的绳子。

“起来。”厄尼说。

彼得站了起来。

“你还是一个囚徒，伙伴。”厄尼说。

“兔子呢？”雷蒙德问道，“我还以为我们要试着去打几只兔子呢？”

“有大把的时间打兔子，”厄尼回答，“我只是在想，我们可以在路上把这个小混蛋推进湖里。”

“太妙了！”雷蒙德说，“让他凉爽一下。”

“既然你们都已经开心过了，”彼得说，“为什么现在还不让我走？”

“因为你是一个囚犯，”厄尼说，“不是吗？你还不是个普遍的囚犯，你是一个间谍。你知道间谍被抓会怎么样吗？被推到墙上枪决。”

在这之后，彼得没再多说什么，激怒这两个人毫无意义。对他们说得越少，对他们的抗拒也就显得越小，他就越有可能逃脱伤害。他也丝毫不怀疑，以他们目前的情绪来看，足以对他做出非常严重的人身伤害。他知道一件事，厄尼曾经在放学后打断小沃利·辛普森的手臂，沃利的父母还去了警方报案。他还听到雷蒙德吹嘘他们去看足球赛时高喊着“再加一只靴子”，他明白这意思是说当有人倒地时，再在他脸上和身上猛踢一脚。这两个人，他们是小流氓，彼得几乎可以每天从他父亲的报纸中读到这些人，总而言之，这些人绝不是单枪匹马的。小流氓们似乎已在整个国家泛滥成灾。他们破坏火车的内部装置，他们用刀子、自行车链条、金属棍棒在街上聚众斗殴，他们袭击路人，特别是攻击其他独自行走的小男孩，他们砸毁路边的小餐馆。厄尼和雷蒙德，虽然或许还称不上是完全合格的小流氓，但也差不到哪里了。

因此，彼得告诫自己，必须继续保持低调，不要去辱骂他们，不要以任何方式激怒他们，尤其是不要试图用身体来对抗他们。然后，希望他们最终会厌倦这种无聊的小游戏，转而去打兔子。

两个大男孩每人捏着彼得的一条臂膀，挟持着他穿过旁边的一片田野，朝湖边行进。“囚犯”的两只手腕还是那样在身体前面被绑在一起，厄尼用另一只手拿着枪，雷蒙德则拿着从彼得手中抢去的双筒望远镜，他们来到了湖边。

在五月的这个金光灿灿的早晨，湖泊显得非常美丽。这是一个长形的、非常狭窄的湖泊，沿岸四周长着高大的柳树。湖中间，湖水清澈透明，靠近湖岸的地方有浓密茂盛的芦苇和灯芯草。

厄尼和雷蒙德架着他们的囚徒走到湖边，他们在那里停住了。

“喂，”厄尼说，“我的建议是这样，你提他的胳膊，我搬他的双腿，我们一、二、三地摆动，把这个小混蛋抛进那片泥泞不堪的芦苇丛里，抛得越远越好。怎么样？”

“我赞成。”雷蒙德回答道，“依然是将他的双手绑在一起，对吗？”

“对。”厄尼说，“鼻涕精，你觉得怎样？”

“如果这是你们想做的，我也阻止不了你们。”彼得尽力使他的声音保持沉静和镇定。

“那就试试来阻止我们啊，”厄尼咧嘴笑着，“然后看看会有什么落在你身上。”

“最后一个问题，”彼得说，“你曾经和与你一般个头的人较量过吗？”

话刚出口，他知道自己犯了一个错误。他看见红晕唰地泛上了厄尼的脸颊，那双黑色的小眼睛里闪动着可怕的凶光。

幸运的是，在这千钧一发之际，雷蒙德挽回了这个危局。“嘿！瞧那只鸟在那边的芦苇丛里游！”他用手指着，喊叫起来，“我们来逮住它！”

这是一只野公鸭，有着优美的匙形曲线、黄色的嘴、翠绿色的头，颈上有一圈白色。“这东西真的能吃呢，”雷蒙德继续说，“这是一只野鸭。”

“我来收拾它！”厄尼大声说。他放开囚徒的手臂，把枪举到齐肩。

“这里是一个鸟类庇护所。”彼得说。

“一个什么！”厄尼问，把枪放低了些。

“没有人在这里射鸟。这是被严格禁止的。”

“谁说禁止射鸟？”

“土地拥有人，道格拉斯·海顿先生。”

“你在开玩笑。”厄尼说着再一次把枪举起。枪响了，那只野鸭栽进水里。

“走，去把它捡来。”厄尼对彼得说，“割断他手上的绳子，雷蒙德，这样的话他可就成了我们该死的猎犬，我们射中后，让他去把鸟捡回来。”

雷蒙德拿出小刀，割断了绑着小男孩手腕的绳子。

“快去！”厄尼厉声喝道，“去把它捡来！”

看着那只被杀的美丽野鸭，彼得觉得心如刀割。“我不去。”他说。

厄尼张开手狠狠掴在他的脸上。彼得没有跌倒，但是一小滴血开始从他的一只鼻孔里流出。

“你这个肮脏的小混蛋！”厄尼说，“你再敢违抗我试试，我就把话放在这儿，只要你再违抗我一次，我会把你那白白亮亮的门牙一颗颗地都敲掉，上上下下全敲掉。明白吗？”

彼得不说话。

“回答我！”厄尼尖叫着，“你明白吗？”

“是的，”彼得平静地说，“我知道。”

“那么，动手啊！”厄尼喊着。

彼得走下岸，进入泥泞的水中，穿过芦苇，拾起那只鸭子。他把它带回来，雷蒙德从他手中接过去，把绳子绑在它的腿上。

“现在我们有了一条叼回猎物的狗，让我们看看能不能再弄几只鸭子。”厄尼说道，接着他手上拿着枪，沿着湖岸闲逛，用目光搜索着芦苇丛，突然他停住，蹲了下来，把一只手指放在嘴唇上说：“嘘！”

雷蒙德走过去和他会合。彼得站在离他们几码远的地方，他的裤子上满是污泥，一直脏到膝盖。

“瞧那边！”厄尼指着一片浓密的灯芯草轻声说，“你发现我看到的了吗？”

“天哪！”雷蒙德叫了起来，“多么漂亮！”

彼得从更远一点的距离看着那片灯芯草，立刻明白了他们看到的是什么。是一只天鹅，一只华丽的白天鹅安详地坐在它的窝上。天鹅窝由一大堆芦苇和灯芯草构成，高出水面大约两英尺[1]。天鹅坐在窝的最高处，就像是湖中的一尊伟大的白衣仙女。它的头转向岸上的男孩们，显得机敏和警觉。

“这个怎么样？”厄尼说，“这比鸭子更好，不是吗？”

“你觉得你能拿下它吗？”雷蒙德说。

“我当然能收拾它，我会马上在它脑袋上钻一个洞！”

彼得感到一阵怒涛开始在胸中激荡，他向两个大男孩走过去。“如果我是你，我不会射那只天鹅。”他尽力让自己的声音保持平静，“在英国，天鹅是最受保护的鸟类。”

“这关我们什么屁事？”厄尼冷笑着问他。

“我再来告诉你们一些其他的事情。”彼得把所有的戒备和恐惧都抛开了，他继续说道，“没有人会枪击一只坐在自己窝里的鸟。

---

1 英美制长度单位，1 英尺等于 30.48 厘米。

绝对没有！它底下甚至可能会有小天鹅！你绝不能射它！”

“谁说我们不能？”雷蒙德问，带着一脸嘲笑的表情，“是这位流着鼻涕、鼻血的彼得·沃森先生说的吗？”

“整个国家都这么说，”彼得回答，“法律这么说，人民这么说，每个人都这么说！”

“我就不这么说！”厄尼说着举起了枪。

“不要！”彼得尖叫着，“请不要开枪！”

啪！枪响了，子弹刚好击中它那优雅的头部正中央，它的长脖子歪倒在窝边。

“把它捡来！”厄尼吆喝着。

“真是神枪手！”雷蒙德高声欢呼。

厄尼转过身对着彼得，彼得站在那里，他个子矮小、脸色苍白，整个人像凝固了似的。“现在去把它捡来。”他再次命令，彼得一动不动。

厄尼走近这个小男孩，弯下身，把脸凑到彼得的脸前。“我最后一次告诉你，”他声调温和但藏有杀机地说道，“去捡来！”

当彼得慢慢走下岸进入水中时，眼泪从他脸上淌下。他向死天鹅走去，双手轻轻地把天鹅捧起来，它的身下有两只小天鹅，它们的身上覆盖着黄色的绒毛，挤在窝的中央，缩成了一团。

“有蛋吗？”厄尼在岸上大声叫喊。

“没有，”彼得回答，“什么都没有。”他觉得有一种可能，如果把它们留在窝里，雄天鹅回来后会继续喂养它们。他当然不想把它们留给铁石心肠的厄尼和雷蒙德。

彼得拿着死天鹅回到湖边，把它放在地上。然后他站直面对着这两个霸凌者。他那还挂着泪水的眼睛，燃烧着愤怒的火焰。“做这种事很龌龊！”他喊道，“这是愚蠢的、毫无意义的破坏行为！你们是两个无知的白痴！死的应该是你们，不该是天鹅！你们不配活着！”

他站在那里，巍然挺立，怒不可遏地面对着两个比他高大的男孩，不再在乎他们会对他做出什么。

这一次厄尼没有打他。一开始他似乎对这阵爆发有点吃惊，但他很快就恢复过来了。此刻他那松弛的嘴唇浮现出一种狡猾和让人恶心的假笑，他那两只靠得很拢的小眼睛开始闪动，显露出一种锥心的恶毒。“所以，你喜欢天鹅，对吗？”他语气轻柔地问道。

“我喜欢天鹅，但我讨厌你们！”彼得大声喊着。

“我这样想对吗，”厄尼脸上仍然露着假笑，继续说道，“我这样想绝对不会错吧，你希望地上这只老天鹅是活的而不是死的，对吗？”

“这是个愚蠢的问题！”彼得大声喊着。

“得用一个夹子封住他的耳孔。”雷蒙德说。

“等等，”厄尼说，“我正要做一种尝试。”他向彼得转过身说道：“所以，如果我能使这只天鹅活过来并再一次在天空飞翔，那么你会很高兴。对吗？”

“这又是一个愚蠢的问题！”彼得脱口喊了出来，“你以为你是谁？”

“我会告诉你我是谁，”厄尼说，“我是一个魔术师，这就是给你的答案，只为让你心满意足。我来变个魔术，让这只死天鹅活过来，再一次在天空展翅飞翔。”

“胡说！”彼得说，“我走了。”他转过身，准备离开。

“抓住他！”厄尼说。

雷蒙德揪着他不放。

“别碰我！”彼得喊叫着。

雷蒙德在他脸上掴了一掌，又重又狠。“就碰你，就碰你！”他说，“别招惹大爷们，除非你想找死。”

“把你的刀给我。”厄尼一边说着一边伸出手，雷蒙德把刀递给他。

厄尼跪在死天鹅旁边，把它两只庞大的翅膀拉开。“看着。”他说。

“又有什么好主意？”雷蒙德问。

“你等着瞧。”厄尼说。此刻，他要用刀把又大又白的翅膀从天鹅身上割下来。在翅膀和鸟身侧面相连的骨头上有一个关节，厄尼找到了它，把刀滑进关节，把肌腱切断。小刀非常锋利，所以切起来颇顺利，顷刻之间，翅膀就完好无缺地脱离下来。

厄尼把天鹅转过来割它的另一只翅膀。“绳子。”他向雷蒙德伸出手。

雷蒙德用一只手臂抓住彼得，这一幕简直让他看傻了眼。“这宰鸟的手艺你哪里学来的？”他问。

“杀鸡学来的，”厄尼说，“我们过去常到史蒂文斯的农场偷鸡，再把它们切成鸡块，然后卖给艾尔斯伯里的一家商店。把绳子给我。”

雷蒙德把绳团给他，厄尼从中割下六段，每段大约一码[1]长。

沿着天鹅翅膀根部边缘，有几根强健的骨头。厄尼拿起一只翅膀，沿着大翅膀根部边缘，用每段绳子的一端系住它们。当他系完

1 英制长度单位，1码等于91.44厘米。

时，他拿起有六根绳端从上面悬荡下来的翅膀，然后看着彼得说：“伸出你的手臂。”

“你是彻头彻尾疯了！”小男孩喊着，“你神经错乱了！”

“让他把手伸出来。”厄尼对雷蒙德说。

雷蒙德在彼得面前举起一只紧握的拳头，轻轻敲在他的鼻子上。“你看这个，”他说，“好吧，除非你完全照我们说的去做，否则我就用它捣碎你的脸，信不信？现在把你的手臂伸出来，做个乖小孩。”

彼得觉得他的反抗溃不成军，他再也抵抗不住这两个人了，他盯着厄尼看了几秒钟。厄尼那双紧挨在一起的小黑眼睛给人的印象是，如果真的惹火了他，任何事情他都敢做。在那一刻，彼得觉得厄尼如果失去理智，会很轻易地杀掉一个人。厄尼是个危险野蛮的孩子，他正来劲儿，现在败了他的兴是不明智的。彼得伸出了一只手臂。

厄尼把六根绳端一一系到彼得的手臂上，等他系好时，天鹅的白翅膀沿着彼得整个手臂被牢牢固定住了。

“怎么样，嗯？”厄尼退后几步，察看着他的杰作。

“现在，另一只。”雷蒙德突然明白了厄尼在做什么，他说，“你不能指望他仅用一只翅膀在天空飞吧，是吗？”

“第二只翅膀来喽。”厄尼说着再次跪下，在这第二只翅膀前端的骨头上系上六段绳子，然后他又站起来说，“让我们绑另一只手臂。”

彼得感到恶心和可笑，他伸出了另一只手臂。顺着手臂的长度，厄尼把翅膀紧紧扎牢。

“现在！”厄尼喊着，拍着他的手，在草地上跳起了快步舞，

“现在我们又有了一只完全活生生的天鹅！我不是告诉过你们我是个魔术师吗？我不是告诉过你们我要变一个魔术，把这只死天鹅变活并整个儿在天空飞吗？我不是把这全告诉你们了吗？”

彼得站在那里，站在湖边，站在这个美丽的五月早晨的阳光中，两只庞大的、柔软的、微微带血的翅膀荒诞地悬在他的身侧。“你玩完了吗？”他说。

“天鹅不会说话，”厄尼说，“让你这张该死的鸟嘴给我一直闭着，省省你的力气，小毛孩，因为你在空中飞翔时，需要花光你所有的力气和能量。”厄尼从地上捡起他的枪，然后用另一只手抓着彼得的颈背说：“前进！”

他们沿着湖岸前行，一直走到一棵高大而优雅婆娑的柳树边，他们停住脚步。这是一棵垂柳，细长的枝条从高不见顶的树干上披挂而下，几乎就要触到了湖面。

“现在，这只魔法天鹅要向我们显示一下飞行的魔术。”厄尼宣布道，“所以，天鹅先生，你要做的是爬到这棵树的顶上，到了上面，就像一个机灵的小天鹅——天鹅——天鹅，张开你的翅膀，然后你就起飞！”

“太奇妙了！”雷蒙德欢呼起来，“刺激！我很喜欢！”

“我这样做，”厄尼说，“是因为现在我们要弄清楚这只小天鹅到底有多聪明。他在学校绝顶聪明，这我们全知道，他是班里的尖子，还在其他各方面都是优秀的，但是让我们来看看，当他在树顶的时候到底会有多聪明！对吗，天鹅先生？”他将彼得向树前推了一把。

这种疯狂还能持续多久？彼得想知道。他开始觉得自己也有点要发疯了，好像什么都不再是真实的，好像什么也都没有发生。但是想到待在树的高处让这两个小流氓够不到他，这至少是件很吸引他的事情，爬上去之后，他可以待在那里。但他很担心他们是否会费心地跟在他后面爬上来，即使他们这样做，他也能安全地沿着一根粗枝条爬离他们，那枝条不可能承受两人的重量。

这是一棵非常容易爬的树，有几根低低的树枝可以助他起步。他开始攀爬，白色的大翅膀悬在他的双臂上，有些碍手碍脚，但是没关系。此刻对彼得来说重要的是，他向上爬一英寸，就会离下面那两个折磨他的人远一英寸。他从来不是个爬树高手，所以在树上并不是特别自如，但是世上没有任何东西能阻止他爬到这棵树的顶端。他想，一旦他到了那里，由于树叶的遮挡，他们甚至都可能看不到他了。

“再高些！”是厄尼的喊叫声，“不要停！”

彼得继续爬，最终他到达了一个再也不可能往上爬的顶点。他的脚此刻站在一根和人的手腕同样粗细的树枝上。这根特别的树枝横向延伸着，一直远远地伸到湖的上方，然后优雅地朝下弯曲。他头上的所有树枝都非常细，柔韧有弹性，但是他双手抓住的那根非常强劲，足以保持他的平稳。他站在那里，稍作攀爬后的休息。他第一次往下看，发现他爬得非常高了，至少有五十英尺，但是他看不到那两个大男孩。树干旁边已不见他们的踪影，难道他们终于离开了？

“好的，天鹅先生！”传出了厄尼令人畏惧的声音，“现在仔细听着！”

他们两人已经走到离这棵树有一些距离的地方，在那个点上，他们能清楚地看到树顶上的小男孩。此刻彼得朝下看着他们，才意识到这棵柳树的叶子是多么的稀疏和纤细，它们几乎一点也没有遮蔽他。

“仔细听着，天鹅先生！”那声音在喊叫着，“开始沿你站着的这根树枝走出去！一直走，走到那片漂亮的浑水上面！然后你就起飞！”

彼得没有动。他现在在他们上方五十英尺处，他们对他已是鞭长莫及。接着是一阵长时间的沉默，持续了大约半分钟。他的眼睛一直盯着站在远处旷野里的两个人影。他们也站着没动，正仰面盯着他。

“那么，好吧，天鹅先生！”厄尼的声音再次传来，“我现在数到十，听见了吗？如果你还不伸展翅膀，用它们飞出去，我就用这把小小的枪射你下来！这样今天我就打下了两只天鹅，而不是一只！那么我们开始吧，天鹅先生！一！……二！……三！……四！……五！……六！……”

彼得不为所动。没有东西能使他再往前面走。

“七！……八！……九！……十！”

彼得看见枪被举到齐肩，直直地指向他。然后他听到了来复枪的爆发声和子弹从他头上呼啸而过的嘘嘘声。情势令人恐惧，但是他还是不动。他看到厄尼又在往枪口里装子弹。

“最后一次机会！”厄尼大声喊，“下一枪打的就是你！”

彼得站在原处不动，他等着。他看着底下远处草地毛茛丛中站着的那两个男孩。那把枪再次被举到齐肩，这一次在他听到枪响的同时，子弹击中了他的大腿。彼得没有感到疼痛，但是它的力量是毁灭性的，就好像有人用一柄大锤猛击他的大腿，震得他两只脚脱离了他站立的树枝。他的双手紧紧握住不放，他握住的那根小树枝弯了下来，折断了。

有些人，当他们承受得太多，被逼到忍无可忍的地步时，他们干脆崩溃了、放弃了；也有另一种人，虽然他们人数不多，但出于某种原因，他们总是不可征服的。你能在战争时期遇见他们，但也能在和平年代遇见他们。他们具有一种百折不挠的精神，任何东西，无论是痛苦、折磨或者死亡威胁，都不能使他们放弃。

小彼得·沃森就是他们中的一员。当他挣扎着、紧抓着，防止自己从树顶跌下去的时候，他突然想到他要赢。他抬头，看见湖水的上方有一道光，是如此明亮和美丽，以至于他无法将目光移开。这道光在召唤着他、吸引着他，他朝着光的方向纵身扑去，舒展开他的翅膀。

有三个人报告那天早上看见一只巨大的白天鹅在村子上空盘旋，一个是名叫埃米莉·米德的学校教师；一个是在一家药房屋顶上换瓦片的、名叫威廉·艾尔斯的男子；一个是在附近的田野里放飞机模型的、名叫安德伍德的男孩。

那天早晨，沃森太太正在厨房的水斗里洗涤碗盘，无意中抬头望了一下窗外，恰恰这时，一个庞然大物扑通一声落在她家后院的草坪上。她赶紧跑出去，她屈膝跪在她唯一的儿子那缩成一团的小身体旁边。“哦，我亲爱的！”她近乎歇斯底里地哭喊起来，怎么也不相信她所看到的，“我亲爱的儿子！你怎么了？”

“我的腿很痛。”彼得张开了双眼说道，随后便昏厥了过去。

“它在流血！”她喊叫着抱起他，把他抱进屋里。马上打电话叫医生和救护车。在等待救援的时候，她取来一把剪刀，开始剪断那些绳子，那些将两只大翅膀绑在她儿子手臂上的绳子。

首次发表于《亨利·休格的神奇故事》 1977

毒蛇

我开车回到家的时候，已是午夜前后了，当我接近屋子大门时，我关掉了汽车头灯，这样灯光就不会闪进侧卧的窗子，把哈里·波普闹醒。但其实我大可不必这样费心，因为在开进来的时候我注意到他房间的灯光还亮着，所以，无论如何他该是醒着的，除非是他读书读得睡着了。

我泊好车，跨了五级台阶登上阳台，在黑暗中我每跨一步都会细心地计数，如此一来，当我走到顶上时，就不会再去多跨一个空步。穿过阳台，挤过纱门进入屋内，拧开了走廊的灯，我走到哈里的卧室门前，轻轻推门朝里张望。

他躺在床上，我能看出他是醒着的，但他没有动。他甚至都没有向我转过头来，不过我听到了他说话的声音："廷贝尔，廷贝尔，进来。"

他说得很慢，轻声而小心翼翼，一字一顿地把话吐出。我把门推开，开始快步穿过房间。

"停住，等一下，廷贝尔。"我几乎听不清他在说什么，他似乎在竭尽全力把话给说出来。

“怎么啦，哈里？”

“嘘！”他轻声说，“嘘！看在上帝的分上，别弄出声音，你走近之前把鞋子脱下。请照我说的做，廷贝尔。”

他说话的样子使我想起了腹部中枪后的乔治·巴林，那时他站着，倚着一只装有备用飞机引擎的板条箱，双手按着肚子，用哈里正在用的那种嘶哑、紧张、半耳语的声音说着那个德国飞行员的事。

“快一点，廷贝尔，但是先把鞋脱下。”

我无法理解为什么要我脱鞋，但是我觉得，如果他真的像听上去那样病得厉害，我最好还是让着他点。所以我弯下腰脱掉鞋，把它们放在房间当中，然后走到他的床边。

“别碰床！看在上帝的分上，不要碰床！”他安静地说着，就像肚子中弹一样，我能看见他仰面躺着，身上四分之三的地方盖着一条床单。他穿着一套带有蓝、棕、白三色条纹的睡衣睡裤，在大量出汗。这是一个炎热的夜晚，我自己也有点汗津津的，但不像哈里那样厉害。他的整张脸都是湿的，他脑袋四周的枕头上吸足了汗水，依我看，这像是生了一场严重的疟疾。

“什么事，哈里？”

“一条金环蛇。”他说。

“一条金环蛇！哦，我的天啊！它咬了你哪里？是在多久之前咬的？”

“别出声。”他耳语着。

“听好了，哈里。”我凑近身子摸了摸他的肩膀，说道，“我们得赶快，说吧，快，告诉我它咬了你哪里？”他一动不动地、紧绷地躺在那里，给人的感觉是在强忍着剧痛。

“我还没有被咬，”他压低声音说，“还没有，它在我的肚子上，躺在那里睡觉呢。”

我赶快后退一步。我简直束手无策了，我注视着他的肚子，更确切地说是注视着遮盖它的床单。床单有好几个地方被弄得又皱又乱，不可能看出下面有没有什么东西。

“你不是真的在说现在有条金环蛇躺在你肚子上吧？”

“我发誓。”

“它是怎样跑去那里的？”我其实不应该问这个问题，因为很明显他不是在开玩笑。我应该告诉他保持安静。

“我当时在看书。”哈里说道，他的语速非常缓慢，小心翼翼地依次说出每一个词，为的是不让肚子上的肌肉运动，“我仰卧着看书，感到胸口有什么东西，就在书的后面，有几分痒痒的。接着我透过眼角的余光，我看到那是一条小金环蛇，在我睡衣上游动，不大，大约十英寸长。我知道我不能动，总之，不能动。我躺在这里看着它，以为它会跑到床单外面来。”哈里停下来，沉默了片刻。他的目光顺着身体向下而去，最后停留在被单盖住肚子的地方，我能够看出他正在观察，以确定他的低语是不是惊动了躺在里面的那东西。

“被单上有一个褶皱。”他说，说得比先前任何时候都要慢，而且非常轻。为了听清楚，我不得不更靠近些，“瞧，它还在那里。它跑到那下面去了。我能感觉到它在我睡衣上面游动，移动到我的肚子上，然后停住不动了，现在就待在那个温暖的地方，也许睡着了。我一直在等你。”他抬起眼睛看着我。

“多久之前？”

“有几个小时了，”他低语着，“几个小时，这简直是要命的几个小时。我忍不了多久了，我一直想要咳嗽。”

哈里所述故事的真实性是没有什么可质疑的，事实上，出现一条金环蛇并不是什么惊天动地的大事。金环蛇在人们的屋子里徘徊不去，就是为了寻找一个暖和的地方。令人吃惊的是哈里没有被咬。一旦被它咬是会致命的，除非你立刻控制住了它。金环蛇每年在孟加拉杀死相当数目的人，主要是在乡村。

“好了，哈里。”我说，现在我也压低了声音，“除非必要，什么也不要动，什么也别说了。你知道，除非受到惊吓，它一般不会咬人的。我们马上就能收拾它。”

我迈开穿着袜子的脚，轻轻地走出房间，到厨房拿了一把锋利的小刀，把它放进裤子口袋，以防我们构想计划时情况有变，便可以立即使用。如果哈里咳嗽，或者身体动了，或者做了什么惊吓金环蛇的事而被咬，我准备割开被咬的伤口，试着把毒液吸出。我走回房间，哈里依然很安静地躺在那里，满脸是汗。他的眼神追随着我走进房间来到他的床边，从他的眼神中我能看出，他想知道我去做什么。我站在他旁边，试着想出最好的解决办法。

“哈里。”我说，此刻我几乎把嘴贴到他的耳朵上，这样我的声音就可以比最轻柔的耳语还低，“最好的办法是让我非常非常轻地把床单扯开。然后我们可以先看看情况。我想我是能够做到不惊动它的。”

“别犯傻了。”他的声音中毫无感情，因为每一个词他都说得太慢、太仔细、太轻柔了。他的表情只浮现在眼睛里，在嘴角周围。

“为什么不行？”

“灯光会吓着它，现在那下面是暗的。”

“那么，飞快地把床单掀开，在它还没来得及攻击之前把它扫脱，你看怎么样？”

“为什么你不找个医生呢？”哈里说道。他看我的那副神态像在告诉我，我应该一开始就想到这事。

“医生，当然需要。我去找甘德拜。”

我踮起脚走到走廊里，在电话簿里查阅甘德拜的电话号码，然后拿起电话要接线员赶快接通。

“甘德拜医生，”我说，“我是廷贝尔·伍兹。”

“你好，伍兹先生。你还没睡？”

“你听着，你能马上过来吗？带上用于治疗蛇咬的免疫血清。”

“谁被咬了？”这个问话来得如此急促，就像我的耳朵里发生了一场小爆炸。

“没有人，还没人被咬。但哈里在床上，一条蛇躺在他肚子上，在盖着他肚子的床单下面睡着了。”

电话里静默了大约三秒钟，接着传来慢慢的说话声，现在不再像爆炸，而是缓慢且明确，甘德拜医生说：“告诉他保持绝对的安静，不要动，也不要说话。你明白吗？”

“当然。”

“我马上过去！”他挂了电话，我回到那间卧室。当我走到哈里的床边，他的眼睛盯着我看。

“甘德拜医生马上就过来，他说要你静静躺着。”

“看在上帝的分上，他以为我在做什么。”

“听着，哈里，他让我别说话，绝对不要说话，我们两人都得这样。”

“那你为什么还不住嘴？”当他说这句话的时候，他的一侧嘴角开始向下急剧地抽搐起来，说完了话，抽搐还在继续。我拿出我的手帕，非常轻地擦去他脸上和颈上的汗水，当我的手指捏着手帕掠过时，我能够感觉到他的肌肉—— 那本是用来笑的肌肉—— 在轻轻颤动。

我悄悄走进厨房，从冰箱里拿了些冰块，用一块餐巾包住它们，然后开始把它们压碎。我不喜欢他嘴巴的动作，还有他说话的样子。我把那包冰拿回到卧室，放在他的前额上。

“让你保持凉爽。”

他紧闭双眼，从牙缝里猛地吸了一口气。“拿开它。”他轻声说，“它使我咳嗽。”他的笑肌开始再次抽搐起来。

当甘德拜的车子转到小屋前时，车头灯的光亮射进窗来。我出去迎候他，两只手中拿着冰袋。

“情况怎么样？”甘德拜问，但说话时没有停步。他从我身边走过，穿过阳台，通过纱门进入走廊，“他在哪儿，哪间房间？”

他把他的包放在走廊里的一只椅子上，然后跟着我走进哈里的房间。他穿着软底的卧室拖鞋，悄无声息地慢慢走过地板，像一只小心谨慎的猫。哈里用眼角的余光看着他。当甘德拜走到床边，他低头看着哈里，自信而安然地微笑着，接着点点头，告诉哈里这是小事一桩，不用担心，只需把一切交给他甘德拜医生就是了。然后他转身，回到走廊，我跟在他后面。

“首要的事情是给他注射一些血清。”他说着打开包，开始准备，“静脉注射，但我必须做得干净利落，我不想使他退缩。”

我们走进厨房，他消毒好针头，一只手拿着一个皮下注射器，另一只手拿着一个小瓶子，把针头刺穿瓶子的橡皮盖，开始拉出注射器的活塞把淡黄色的液体抽进注射器，然后把注射器交给我。

“拿好这个，等我要的时候给我。”

他拿起包，我们一起回到房间。哈里的眼睛此刻睁得大大的，炯炯有神。甘德拜弯下腰凑近哈里，非常小心，就像在处理十六世纪的蕾丝，他把哈里的睡衣袖子卷到肘上而没有让他的手臂动一下。我注意到甘德拜站得离床很远。

他用极轻的耳语说："我要给你注射一针，是血清，只是有一点刺痛的感觉，但千万别动。不要绷紧腹部的肌肉，保持放松。"

哈里看着注射器。

甘德拜从他的包里拿出一根红色的橡皮管，把它的一端由下而上地环绕在哈里手臂的二头肌上，然后拉紧橡皮管打了个结。他用酒精海绵在哈里裸露的前臂上挑了一小块区域擦拭，然后把药用海绵递给我，从我手中接过注射针筒。他把针筒举到灯前，眯起眼睛看了看刻度，挤出一些黄色的液体。我静静地站在旁边看着。哈里也在看着，他的脸上大汗淋漓，所以看上去闪闪发光，好像皮肤上涂的厚厚面霜融化了，并流到了枕头上。

我能够看到哈里前臂上的蓝色静脉，此刻因为止血带的作用而扩张了，然后我看见静脉上面的针头，甘德拜拿起注射器，几乎平贴着他的手臂，将针头从侧面滑进皮肤，刺入蓝色的静脉，它缓慢却坚定地进入着，就像滑进奶酪一样顺畅无阻。哈里抬头看着天花板，闭上眼睛，然后又睁开了，但是他的身体丝毫未动。

结束的时候甘德拜探过身去，嘴巴贴近哈里的耳朵："即使现在你被咬了，也会没事的。但是不要动。请你先不要动，我一会儿就回来。"

他拿起他的包走进走廊，我跟在后面。

"现在安全了？"我问。

"没有。"

"他现在有多安全？"

这个小个子印度医生站在走廊里擦拭着下嘴唇。

“想必是给他增加了一些抵抗力，是吗？”我问。

他转过身朝着通往阳台的纱门走去。我以为他要走出门去，但是他在门的里侧停住了，站着注视外面的夜色。

“血清不是很好吗？”我问。

“不幸得很，事情并非如此。”他没有转身，答道，“也许能救他，也许不能。我正在考虑试图做一些其他的事。”

“我们是不是应该飞快地掀开被单，不等金环蛇发出攻击就把它扫脱？”

“绝不能！我们没有权利冒这个险。”他激动地说道，声音比平时高了一些。

“我们不能心安理得地丢下他一人躺在那里，”我说，“他越来越紧张了。”

“拜托！拜托！”他说着转过身，把两只手举到空中，“没那么快，好不好。这不是快刀斩乱麻就能解决的易事。”他站在那里，用手帕擦着额头，眉头紧皱，咬着嘴唇。

“你看，”他最后说，“还有一个办法可以用，你知道我们需要做的是——我们必须对那个躺在那里的动物使用麻醉剂。”

这是一个绝好的主意。

“这并不安全，”他继续说，“因为蛇是冷血动物，而麻醉剂对这种动物的效果不会太快、太好，但这比其他任何办法要好。我们可以使用乙醚……还是氯仿……”他说得很慢，一边说一边试图把事情想清楚。

“我们用哪一种？”

“氯仿，”他突然说，“普通的氯仿，那是最棒的。现在，快！”

他捏着我的胳膊把我推向阳台。“开车去我家！我这就打电话叫醒我儿子，你到了那里，他会指给你看我的有毒物品柜。这是橱柜的钥匙。拿一瓶氯仿来，它贴有橙色的标签，上面印着名称。我留在这里，以防万一有什么事情发生。现在务必抓紧，赶快！不，不，你不用穿鞋了。”

我飞快地驾着车，大约十五分钟之后我带着那瓶氯仿回来了。甘德拜走出哈里的卧室来到走廊等候我。“拿到了吗？”他说，“好极了，好极了。我刚刚告诉了他我们准备做什么。但是现在我们必须快。对他来说，这么长时间待在那里真不容易。我担心他随时可能会动。”

他回到房间，我双手拿着瓶子跟在后面。哈里还是在先前那个位置躺着，汗水顺着他的面颊往下流，他的脸苍白且湿漉漉的。他的眼睛转向我，我对他笑了笑，自信地点点头。他继续看着我，我竖起大拇指给了他一个“OK”的信号。他闭上眼睛，甘德拜在床边蹲下来，他旁边的地板上放着那根先前用作止血带的空橡皮管，他把一只小的纸漏斗插在橡皮管的一端。

他开始从床垫下拉出床单的一只小角。他拉动的地方正对着哈里的腹部，大约距离它十八英寸，我看着他的手指，看着它们在床单边缘轻轻地扯动。他的动作是如此缓慢，以至于无论是他的手指还是被他拉着的床单，几乎都让人觉察不到有任何运动。

最后，他成功地在床单下面弄出一条通道，他拿起橡皮管，把它的一端插到通道口，这样它们能在床单下面顺着床垫向哈里的身体滑去。我不知道把管子滑进那么几英寸花了他多少时间，也许二十分钟，也许四十分钟。我自始至终没有看到管子在动，我知道它在进去是因为它的可见部分在渐渐变短，但我怀疑金环蛇会不会感觉到这哪怕是最微小的震动。此刻，连甘德拜自己也大汗淋漓了，他的整个前额和上唇布满了硕大的汗珠。但是他的双手一点也不颤抖，我注意到他的眼睛看着的不是他手中的蓝色管子，而是哈里肚子上的那块起皱的区域。

他没有抬头，但向我伸出一只手要氯仿。我立刻拧开毛玻璃的塞子，赶快把瓶子送到他手中，直到确定他抓牢了我才松手，然后他扭头示意我走近他，低声说："告诉他我要弄湿床垫，他身体下面会非常冷。他必须有所准备，绝对不能动，现在告诉他。"

我向哈里俯下身子，把医生的话传达给他。

"为什么他不继续干下去？"他问道。

"现在他就要动手了，哈里，但是你会感到很冷，所以你要有心理准备。"

"哦，全能的上帝，干吧！"这是他第一次拉高声调，甘德拜猛地抬起头，盯着他看了几秒钟，然后又返回到他的工作中。

甘德拜倒了几滴氯仿到纸漏斗里，等着它们流下管子。然后他又倒了一些，然后再等，浓重而难闻的氯仿气味在整个房间弥漫，让人产生了一些不愉快的回忆：在一间白色的房间里，穿白衣的护士们和外科医生们围着一张长的白桌子。此刻甘德拜在平稳地倾倒，我能够看到氯仿浓浓的蒸汽像烟雾一样在漏斗上面打旋。他暂时停下，把瓶子举到光亮处，又倒了一漏斗，然后把瓶子交回给我。他慢慢地从床单底下抽回橡皮管，然后站了起来。

插入管子和倾倒氯仿想必是竭尽了他的全力，我回想起甘德拜转身对我耳语的时候，他的声音微弱而疲惫。"为了安全起见，我们再等十五分钟。"

我探身过去告诉哈里。"我们再等十五分钟，只是为了安全。

但它可能已经起作用了。”

“那么，看在上帝的分上，你们为什么不看一看！”他再一次大着嗓子说。甘德拜跳了起来，他那棕色的小脸突然变得非常生气。他有一双几乎是纯黑的眼睛，此刻在盯着哈里看，哈里的笑肌开始抽搐起来。我拿着手帕擦干他的脸，为了让他感到舒服一点，我还试着在他前额做些抚摸。

然后我们站在床边等着，甘德拜一直用一种古怪的紧张表情盯着哈里的脸看。这个小个子印度人在集中所有的意志力让哈里保持安静。他的目光没有一次离开过病人，虽然他没出声，但不知怎么的，他像是一直在对哈里吼叫，他在说：“听着，你必须听着，现在你不能把事情搞砸，听见了吗？”而哈里躺在那里，嘴角在抽搐，汗水直淌，他时而闭上眼睛，时而睁开它们，看着我，看着床单，看着天花板，再又看着我，但是从没有去看甘德拜。不过，甘德拜还是以某种方式控制住了他。氯仿的气味让人难以忍受，它让我想要呕吐，但此刻我不能离开房间。我只觉得有人吹出了一只巨大的气球，看得出来它快爆了，但是我又不能回避。

最后甘德拜转过身来，点了点头，我明白他准备好了。“你到床的另一边去，”他说，“我们每人抓住一边床单，一起将它揭开，但是请非常非常慢，非常非常轻。”

“不要动，哈里。”我说着绕到了床的另一边，抓住了床单。甘德拜抓住对面，我们开始一起揭开床单，提着它离开哈里的身体，将它非常缓慢地往下移，我们两个都站得远远的，但同时向前弯腰，试图去看那下面。氯仿的气味令人生畏。我记得我试着屏住呼吸，但当我无法再屏住气的时候，我试着浅呼吸，如此，这东西就不会进入我的肺部。

现在，我们可以看见哈里的整个胸部，更确切地说是看见覆盖着它的条纹睡衣，然后我看见了他睡裤的白色裤带，整齐地打了个蝴蝶结。在稍远处，我看见一颗纽扣，一颗珍珠母纽扣。这是我的睡衣睡裤上从来没有过的东西，它们连门襟下的暗纽扣都没有，更别说珍珠母纽扣。这个哈里，我想，他很考究。说来也怪，一个人在紧张兴奋的时刻怎还有闲情去作他想，但我记得特别清楚，看见那颗纽扣时，我想到的是哈里真是考究。

除了纽扣，他的肚子上什么也没有。

我们迅速地将床单朝下拉，当他的腿和脚露出来的时候，我们让床单落到床尾的地板上。

“别动。”甘德拜说，“别动，波普先生。”他开始在哈里的身体四周和双腿下面察看。

“我们务必小心，”他说，“它可能在什么地方，说不定在他睡衣的裤腿里。”

当甘德拜这样说的时候，哈里飞快地从枕头上抬起头，朝下看着他的双腿。这是他第一次有动作。然后他猛地跳了起来，站在床上，交替地抬起左右腿，在空中猛烈地摇晃。在那一刻，我们两个还以为他被咬了，正当甘德拜把手伸到他的包里拿手术刀和止血带的时候，哈里停止弹跳，站着不动了，盯着他站立的床垫并喊叫道：“它不在里面！”

在那一瞬间，甘德拜站起来，他看着床垫，然后抬起头来注视着哈里。哈里没事，他没有被咬，现在他不会被咬也不会被杀死，一切安然无恙了，但这似乎并没有使任何人感觉好一点。

“波普先生，你肯定你一开始就看到了它？”甘德拜的声音里有一种挖苦的意味，要知道，在一般的情况下他是不会出诊的。“你不觉得你可能在做梦吗，波普先生？”从甘德拜看哈里的表情中，我意识到那种挖苦并没有严重到是有意的，只是在紧张之后发泄一下。

穿着条纹睡衣睡裤的哈里站在床上，瞪起眼睛看着甘德拜，他的双颊开始泛红。

“你是要告诉我，我是个撒谎的人？”他喊着。

甘德拜不动声色地看着哈里。哈里在床上朝前迈了一步，两眼发光。

“怎么样，你这个阴沟里的肮脏印度小老鼠！”

“住嘴，哈里！”我说。

“你这个肮脏的黑——”

“哈里！”我喊着，“住嘴，哈里！”他说出的话很可怕。

甘德拜只当我们俩都不存在，他径直走出房间，我跟着他，当他穿过走廊来到阳台上时，我用一只胳膊搂住他的肩膀。

“别听哈里胡说，”我说，“这件事把他弄成这样，他连自己都不知道在说些什么。”

我们从阳台走下台阶来到车道，接着在黑暗中穿过车道，走到他的老式莫里斯牌汽车的停泊处，他打开车门坐了进去。

“你干得非常好，”我说，“很感谢你的出诊。”

“他想要的，不过是一个有意思的休假。”他平静地说道。没有看我一眼，便启动引擎离去。

首次发表于《克里尔》1950.6

皮

那是在一九四六年，冬天已经过去很久了，虽然是四月，可凌厉的寒风还在吹刮着城市的大街小巷，头顶上，预示降雪的阴云飘过天空。

那个名叫德里奥利的老人艰难地拖动步伐，走在里沃利街的人行道上。他饥寒交迫，衣领高高翻起，上面只露出他的一双眼睛和头顶，他看起来像只蜷缩在一件肮脏的黑大衣里的刺猬。

小餐馆的门敞开着，烤鸡的气味飘然而出，使他的胃部顶端产生了一种痛苦的渴望。

他向前走着，了无兴趣地浏览着商店橱窗里的物品——香水、丝绸领带和衬衫，还有钻石、瓷器、古董家具、装帧精致的书籍。接着，他路过一个画廊，他素来对画廊情有独钟。这个画廊的橱窗里陈列着一幅油画，他停下来看了看，转身继续前行。他忽地又站住了，回头看了一下。此刻，他突然感到有点心神不定，一段记忆在向他袭来，那是关于他曾经见到过的某件东西、某个地方的遥远回忆。他定神再看，这是一幅风景画，一小簇树像是遭到强风吹拂，发狂似的朝一边倾斜着，天空中到处都在旋转着、扭曲着。画框上附有一块小牌子，上面写着：柴姆·苏丁[1]（1894—1943）。

德里奥利注视着这幅画，他想在模模糊糊的记忆中搞清楚，这里面究竟什么东西是他似曾相识的。他想着，这幅迷人的画，那么奇怪和疯狂——但我喜欢它……柴姆·苏丁……苏丁……“天啊！”他突然喊叫起来，“我的小卡尔梅克人[2]，就是他！我的小卡尔梅克人有一幅画陈列在巴黎最高雅的画廊里！这能想象吗！”

老人把脸贴近橱窗。他还能记起那个男孩——是的，他能非常清晰地记起他。但那是什么时候？什么时候？其余事情却无法轻易回忆起来，时间是如此久远，有多久了？二十年——不，更像是三十年，是吗？再想一想。那还是战前，是第一次世界大战之前的一九一三年。是的，这个苏丁，这个丑陋的小卡尔梅克人，一个爱沉思冥想的阴郁男孩，他喜欢他，几乎可以说是爱他，虽然除了他会画画之外，德里奥利想不出任何喜欢他的原因。

他多么会画画！这时，那些记忆更为清晰地浮现了——那条街、沿路排列的垃圾桶、腐烂的气味、懒懒地从垃圾边走过的棕色的猫，然后是那些女人，那些一身赘肉的胖女人，坐在门口的台阶上，双脚踩在街上的圆卵石上。是哪条街？那个男孩住在哪里？

对了，凯特法尔基尔街！老人点了几下头，很高兴记起了这个街名。然后又想起那个搁有一把椅子的画室，男孩用来睡觉的肮脏的红色长沙发；喝得醉醺醺的聚会、便宜的白葡萄酒、激烈的争吵，还有男孩那张总是阴云密布的脸，他在冥思苦想他的创作。

德里奥利想，这真奇怪。现在，一切往事是那么自然而然地涌

1 *Chaïm Soutine*，1894—1943，生于白俄罗斯的犹太裔法国画家，对巴黎的表现主义绘画思潮有很大贡献。

2 分布在西伯利亚南部、俄罗斯联邦和蒙古国境内的一个民族。

现出来了，怎么似乎每一个他记起来的小小事实，都会立刻激发他想起另一个！

例如，那次关于文身的胡闹。如果真有这样的事情，那真是太疯狂了。那件事是怎么开始的？哦，是这样的——有一天他发了一笔财，于是买了很多酒。他脑海中浮现出那幕情景，当他臂下挟着一大包瓶装酒走进画室——那个男孩站在画架前面，而他的（德里奥利的）妻子站在房间中间，摆着姿势让男孩写生。

“今晚我们应该庆祝一下，”他说，“我们应该有一个小小的庆祝，就我们三个人。”

“我们要庆祝什么？”男孩没有抬头，问道，“是你决定和你妻子离婚，那么她能嫁给我了？”

“不。”德里奥利说，“我们今晚的庆祝是因为我干活赚了一大笔钱。”

“我一事无成，我们也可以为之庆贺。”

“只要你高兴。”德里奥利站在桌边拆开包裹。他觉得累了，想喝点酒。一天九个客户是挺棒的，但这能毁了一个人的眼睛。以前他从没做过多达九个人的活，九个喝得酩酊大醉的士兵——而值得庆幸的是，他们中至少有七个人能以现金支付，这使他变得格外富有。但是这工作非常消耗眼力，由于疲劳，德里奥利的眼睛半闭着，他的眼白上布满了细细的红血丝，痛感集聚在眼球后面大约一英寸的一小块地方上。但现在是晚上了，他富得流油，包里装着三瓶酒——一瓶给他妻子，一瓶给他朋友，一瓶给自己。他找到螺旋式开瓶器，把软木塞从瓶里拔出，每只瓶塞拔出来时都会轻轻发出“噗”的一声。

男孩放下了画笔。“哦，主啊，”他说，“一个人怎么能在这种情况下工作呢？”

那个女人走过来看画，德里奥利也走过来，一只手拿着酒瓶，另一只手拿着杯子。

“别看！”男孩突然发起火来，大声喊着，“拜托——别看！”他从画架上夺过画，把它靠墙竖着，但是德里奥利已经看到它了。

“我喜欢它。”

“它糟透了。”

“这很美妙，就像你画的其他所有东西，简直妙不可言。我全都喜欢。”

“糟糕的是，”男孩说着，眼中燃着愤懑，“它们不是营养品，我又不能把它们当饭吃。”

“但它们仍然是妙不可言的。”德里奥利递给他一杯淡黄色的葡萄酒，“喝吧，它会让你快乐。”

他想，他从未见过比这更不快乐、脸色更阴郁的人。大约七个月前他在小餐馆里注意到他，当时他一个人在闷闷独酌，因为他看上去像是个俄国人或不知哪个地方的亚洲人，所以德里奥利在他桌旁坐下，和他攀谈起来。

“你是俄国人？”

“是的。”

“从哪里来？”

“明斯克。”

德里奥利跳起来拥抱他，喊着说他也是出生在那座城市。

“还不是真正的明斯克市，”男孩说，“但非常近。”

“哪里？”

“斯米洛维奇，大约相距十二英里。”

“斯米洛维奇！”德里奥利叫起来，再次拥抱他。

“我还是孩子时，曾步行去过几次。”然后他又坐下，亲切地注视着对方的脸。“你知道吗？”他说道，“你看上去不像是个俄国人，你像个鞑靼人或卡尔梅克人。你看上去简直就是一个卡尔梅克人。”

现在，德里奥利站在画室里，拿着酒杯，喝了一口咽下喉咙的时候，再次端详这个男孩。是的，他确实有一张酷似卡尔梅克人的脸——又阔又长的脸颊，外加一个宽大粗糙的鼻子。因为那双从头上急剧地向外突起的耳朵，使得这张阔阔的脸颊显得更阔了。此外，他有双狭窄的眼睛、黑色的头发和卡尔梅克人闷闷不乐的厚嘴巴；但是那双手——那双手总是让人惊异，那么小，那么白，手指纤细，就像是女人的手。

“再给我一些酒，”男孩说，“如果我们要庆祝，那么就让我们尽兴。”

德里奥利把酒分好，然后坐到椅子上。

男孩和德里奥利的妻子坐在旧沙发上，三只瓶子放在他们之间的地板上。

“今天晚上我们应该尽情痛饮，”德里奥利说，“我囊中鼓鼓，我想也许我现在该出去再买几瓶酒。我该买几瓶？”

“再来六瓶，”男孩说，“每人两瓶。”

“好，我现在就去，立马带回来。”

“我去帮你拿。”

在最近的那家小餐馆里，德里奥利买了六瓶白葡萄酒，他们把酒拿回画室，分成两排放在地板上，德里奥利拿来开瓶器，拔出软木塞，六瓶酒全开了，然后他们又坐下继续喝酒。

“只有非常有钱的人，”德里奥利说，“才能使用这种方式来庆祝。”

“这倒是真的，”男孩说，“对吗，乔茜？”

“当然。”

“乔茜，你感觉怎样？”

“很好。”

“你会离开德里奥利，嫁给我吗？”

“不会。”

“美味的葡萄酒，”德里奥利说，“喝它是一种特殊待遇。”

他们慢慢地、一步一步地把自己灌醉了。这个过程是平常的，但仍有一定的客套要遵循，还要持重，他们要说很多很多话，一再地说——必须夸奖这葡萄酒，而缓慢也是很重要的，这样才有时间来品味这三个阶段的美味转变，尤其是对那个开始飘飘欲仙、两腿不听使唤的人（德里奥利）来说。这是他们所有人最好的时光——这时他低头看自己的脚，发现它们离得那样的远，以至于让他惊愕这是哪个疯子的腿，为什么它们竟这样远远地摆在地板上。

一会儿过后，德利奥利站起来打开灯。他惊讶地发现，当他这样做的时候，他的脚也随之飘浮起来了，特别是由于感觉不到它们接触地面，给了他一种腾云驾雾的快乐感觉。然后他开始在房间里走来走去，偷看那些靠墙堆着的油画。

“听着，”最后他说，“我有一个主意。”他走过来站在沙发的前面，身体还轻轻地晃动着，“你听——听好了，我的小卡尔梅克人。”

“什么？”

“我有一个惊人的想法。你在听吗？”

“我在听乔茜说话。”

“请听我说，你是我的朋友，我来自明斯克的丑陋的小卡尔梅克人。对我来说，你是如此了得的一位画家，我想问你要一幅画，一幅优美的画。”

“全部都拿去，把你能找到的全拿走，但是在我和你妻子谈话时，别打断我。”

“不，不。现在听好了。我的意思是一幅能够一直伴随我的……永远……不管我去哪里……不管发生什、什么……但是总能和我在一起的……你画的画。”他向前探着身子，摇摇男孩的膝盖，“现在请听我说。”

“听他说。”那女人说。

“是这样的，我要你在我的皮肤上画一幅画，就画在我背上。然后我要你把你画的画做成文身，这样它就能永远在那里了。”

“你的想法真疯狂。”

“我会教你怎样做文身，很容易，连孩子都能做。”

“我不是孩子。”

“求你……”

“你真是疯了，你想要什么？”画家抬起头，目光迎着另一个男人迟钝的、葡萄酒般鲜亮的眼睛，“哦，我的天哪，你究竟想要什么？”

“你很容易就能做到的！你能！你能的！”

“你是说文身？”

“是的，文身！我将在两分钟内教会你。”

“不可能！”

“你是说我在胡言乱语？”

不是的，男孩不可能会这样说，因为如果说有什么人懂文身的话，那只有他—— 德里奥利。仅在上个月，他不是用最为奇特、精致，完全由花卉组成的设计覆盖了一个男子的整个腹部吗？还有那个胸部有非常多体毛的顾客，他在那里画了一只灰熊，这样的设计如何，不是使这人胸上的毛发变作了熊的毛皮吗？他不是还在一个男子的手臂上巧妙地画了一个女士肖像，当手臂上的肌肉扭曲时，这位女士便像是活了过来，在做惊人的扭曲表演吗？

“我要说的是，”男孩告诉他，“你喝醉了，这只不过是你的酒后之言。”

“我们可以让乔茜来做模特儿。在我背上画一幅描绘乔茜的作品。难道我没有权利让我妻子的像画在我背上吗？”

“乔茜的？”

“是的。”德里奥利知道，只要他一提起妻子，男孩厚厚的棕色嘴唇就会松开，开始颤抖。

“不要。”那女人说。

“求你，我亲爱的乔茜。拿上这一瓶，喝光它，然后你会更潇洒自如。这是一个伟大的主意，这是在我以前的生活中从未有过的想法。”

“什么想法？”

“就是要他在我背上画你的像，难道我没有这个权利吗？”

“我的像？”

“一幅裸体作品。”男孩说，“这是一个令人愉快的主意。”

“不要裸体。”女人说。

“这是一个伟大的主意。”德里奥利说。

“这是个犯浑的疯主意。”女人说。

“不管这是一个什么样的主意，”男孩说，“这是一个值得庆祝的主意。”

他们倒空了放在他们中间的另一瓶酒，然后男孩又说：“还是不行，我没有本事做文身。我只能把这幅像画在你背上，只要你不洗澡或不去洗掉它，你就能保留它。如果你此生不再洗澡，那么只要你活着，你就永远拥有它。”

“不行。”德里奥利说。

“对了，在你决定要洗澡的那天，我就会知道你不再认定我的画有价值了。所以，这将是你对我的艺术欣赏与否的试金石。”

“我不喜欢这个主意，”女人说，“他对你的艺术欣赏得五体投地，因此他会很多年不做清洁，弄得污身垢面的。让我们做文身吧，但是不要画裸体。”

“那么只画头像。”德里奥利说。

“我对付不了。”

“这极其简单，我保证在两分钟里教会你，你会明白的。现在我要去拿文身用具、针和油墨。我有很多不同颜色的油墨，就像你的颜料有许多不同的颜色一样，而且更漂亮……”

“这不可能。”

“我有很多油墨。我是不是有很多不同颜色的油墨，乔茜？”

“是的。”

“你会看到的，”德里奥利说，“我现在就去取来。”他从椅子上站起来，虽然步履踉跄，但是去意坚定，他走出了房间。

半个小时后德里奥利回来了。“我把每一样东西都拿来了。”他边喊着，边晃动着一只咖啡色的手提箱。

“文身的所有必需品都在这只袋子里。”

他把袋子放在桌子上，打开它，把电动针和小瓶装的各种不同颜色的油墨拿出来摊着。他把电动针插上电源，然后拿起这工具，按下开关，发出了嗡嗡的声音，四分之一英寸长的针从它的末端伸出来，开始快速地上下颤动。他匆匆脱下他的夹克，卷起左手的衣袖。“现在看好，看着我，我将展示给你看这有多容易，我将在我的手臂上做一个设计，就在这里。”

他的前臂上已经覆盖着一些蓝色的文身标记，不过他选择在一小块白净的皮肤上作演示。

“首先，我们选择油墨，让我们用普通的蓝色，我把针尖浸泡在油墨里……像这样……我把针拿直，轻轻划过皮肤表面……就像这样……借助这个小马达和电力，让针上下跳动，在皮肤上画画，油墨随之渗入，你能看见……瞧，多么容易……看我怎样在手臂的这个地方画一条灰狗……”

男孩被吸引住了。

“现在让我在你手臂上来练习一下。”用那个嗡嗡作响的针，他开始在德里奥利的手臂上画出蓝色的线条。“这挺简单，”他说，“就像用钢笔和墨水作画。除了它比较慢，倒是没有什么别的不同。”

“这轻而易举，你准备好了吗？我们开始吧？”

“开始。”

“模特儿！”德里奥利喊道，“快来，乔茜！”此刻，无法遏制的激情使他有点儿手忙脚乱，他跌跌撞撞地在房间里走来走去，安排所有事宜，就像一个孩子在准备某项激动人心的游戏。“你要她待在哪里？她该站在哪里？”

“让她站在那里，我的梳妆台旁边。让她梳头，我要画她披到肩膀的长发，画她梳头。”

“太妙了，你是个天才。”

女人不情愿地走过去，带着她的葡萄酒杯，靠梳妆台站着。

德里奥利脱下衬衫，又脱下裤子，只穿着衬裤、短袜和鞋子。他站在那里，身子微微地从一边晃动到另一边，他的身体小而结实，皮肤白皙，几乎没有毛发。“现在，”他说，“我是画布，你要把你的画布放在哪儿？”

“和往常一样，放在画架上。”

“别疯了，我是画布。”

“那么，把你自己放在画架上，这是你的安身之地。”

“我怎么能够？”

“你究竟是不是画布？”

“我是画布，我已经开始感觉到我像是一块画布了。”

“那么，把你自己放到画架上去。应该不会有困难吧。”

“真的，这是不可能的。”

“那么你就坐在椅子上，背对着前面坐，然后把你醉醺醺的脑袋搭在椅背上。快点，我就要开始了。”

“我准备好了，我在等你。”

“首先，”男孩说，“我要画一幅普通的画。然后，如果我满意，我就把它文在上面。”他拿起一支宽头的画笔，开始在这个男子赤裸的皮肤上作画。

“啊呀！啊呀！”德里奥利尖叫起来，“一条大蜈蚣在脊椎上从上往下爬！”

“安静！安静！”男孩作画娴熟如飞，并且只用一种稀薄的蓝色颜料涂抹，是为了不影响后面的文身作业。不知怎么的，他一开始画画就全神贯注起来，醉态似乎荡然无存了。他的手腕保持不动，借助手臂的快速点触移动画笔，不到半个小时就完成了画作。

“好，全成了。”他对那女人说。她立刻回到沙发上，倒头躺了下来，很快进入睡眠。

德里奥利还醒着。他看见男孩拿起针，把它浸在油墨里，然后，当针接触到他背上的皮肤时，他感觉到针头带来的痒痒的刺激。那疼痛虽然令他不适，但还不至于不能忍受，反倒能让他保持清醒。通过感受针的运动轨迹，看着男孩使用着不同颜色的油墨，德里奥利试着想象自己的背上会是怎样一番光景，以自得其乐。男孩以惊人的强度工作着，他似乎完全被这台小机器和它所能产生的不寻常的效果吸引住了。

直到凌晨时分，男孩还在机器的嗡嗡声中工作。德里奥利记得，当这位艺术家最终退后，并说"大功告成"的时候，外面满是阳光，街上传来行人走路的声音。

"我想看看。"德里奥利说。男孩举起一面镜子，转到一个角度，德里奥利伸长脖子看着。

"天啊！"他大声嚷道。这是一个无比惊艳的景象，他的整个背部，从肩部的顶端到脊椎的底部，是一片绚烂的色彩——金色、绿色、蓝色、黑色和猩红色。这个文身刺得如此浓密，看上去几乎像是一幅厚涂彩饰画。男孩尽可能地依照原来的笔触，实心地填满它，不可思议的是，他利用了脊柱和肩胛骨的突出部分，使它们成为构图的一部分。而且，不知他怎么做到的，即使在这样一个缓慢的作画过程中，他也成功地做到了某种程度上的挥洒自如。这幅肖像很生动，它含有很多扭曲的、苦恼的表情特征，这也是苏丁其他作品所具有的典型风格。它不是一幅逼真的肖像，与其说是一幅肖像，不如说是一种情绪，模特儿的脸模糊而带有醉意，在大量的深绿色的卷曲笔触中，她头部四周的背景呈旋转状。

"太棒了！"

“我本人也相当喜欢。”男孩站在后面，用一丝不苟的眼光检查着。“你知道吗？”他又说，“它是值得我签名的。”于是他再次拿起那嗡嗡作响的器具，用红色的油墨在德里奥利的右手边——肾脏位置的上方——题上了他的名字。

这个名叫德里奥利的老人站在那里，恍如隔世，注视着画廊橱窗中的这幅画。往事是如此久远，仿佛所有的那些事发生在另一个人的生命中。

而那个男孩？他后来怎么样了？他现在只能记起来，从战争——第一次世界大战——中归来后，他便没有见到过那男孩，为此他也问过乔茜。

“我的小卡尔梅克人在哪里？”

“他走了，”她回答道，“不知道去了哪里，只听说一个商人接纳了他，送他去塞雷，要他画更多的画。”

“也许他会回来。”

“也许会吧，谁知道呢？”

那是他们最后一次提到他。不久之后，他们搬到勒阿弗尔，那里有更多的水手，他的生意更好了。当老人想起勒阿弗尔的时候，脸上泛起了笑容。在两次大战中间的那些年过的是比较令人愉快的，那个开在码头附近的小店，每天总有三个、四个或五个要在手臂上刺青的水手光顾，舒适的房间和始终充足的工作。那些年真可以说是愉快的时光。

然后，第二次世界大战爆发，乔茜被杀害，德国人来了，他的生意也完蛋了，那以后没有人想在自己手臂上画那些玩意儿了。在那时他要改行做其他职业，年龄也已属太老。他抱着在大城市容易谋生的微茫希望，不顾一切地来到巴黎，但是事实并非如此。

而现在，战争过去之后，他既没有意愿也没有精力重新开启他的小生意。对于一个老人来说，知道该做什么并不容易，尤其是在他不喜欢乞讨的时候。然而，不这样怎么活下去呢？

就这样，他一边思索着，一边依旧注视着那幅画：这是我的小卡尔梅克人的画。仅看见这样一件小小的物品就那么快地唤醒了他的记忆。就在几分钟之前，他甚至都忘记了自己背上还有一个文身，他已有很多年没有想到它了。他将脸贴近橱窗，向画廊里面望去。他能看到墙上有很多其他的画，所有的画看起来都像是同一个画家的作品，有许多人在走来走去，显然，这是一个特别展览。

一时冲动，德里奥利转过身，推开画廊的门走了进去。

这是一个长形的房间，地上铺着红葡萄酒色的厚地毯，天哪，多么美丽，多么温暖！人们都在游来荡去地观看画作，他们是些精于梳洗打扮的体面人物，每个人手上拿着一本作品目录。德里奥利只是站在门边，紧张地四处张望着，犹豫着要不要向前再迈一步和这群人混在一起。但是在他还没来得及鼓起勇气之前，他听到身边有一个声音在说："你想要什么？"

说话的人身穿黑色的晨礼服。他又胖又矮，有一张很白的脸。这是一张松弛的脸，上面长着如此多的肉，两颊下垂到嘴的两边，形成两块赘肉，像是西班牙猎犬。他走近德里奥利，再次问："你想要什么？"

德里奥利依然站着不动。

"劳驾，"那个男子说，"请离开我的画廊。"

"能不能让我看看这些画？"

"我要求你离开。"

德里奥利不让步，他突然感到极度的愤怒。

“我们不要闹出什么麻烦，走吧，从这边走。”他把一只白白的胖手放在德里奥利的手臂上，开始用力把老人往门外推。

他被激怒了，“把你讨厌的手从我身上拿开！”德里奥利大声喊叫起来。他的声音清晰地回荡在长长的画廊里，所有人的脑袋像是一个人似的猛然转了过来——那些吃惊的面庞齐刷刷地盯着房间尽头那个制造噪音的人。一个身穿制服的仆役跑过来帮忙，两个人试图用强力把德里奥利推出门去。人们还在站着，观看着这幕缠斗。他们脸上的表情淡然，仿佛在说：“没关系，对我们没有危险，这事正在处理中。”

“我，也有！”德里奥利大声嚷道，“我也有一幅这个画家画的画！他是我的朋友，我有一幅他送我的画！”

“他疯了。”

“一个神经病。一个胡说八道的疯子。”

“该有人报警吧。”

德里奥利猛地扭动身体，突然挣脱了这两个人，在有人阻止他之前冲进画廊大喊：“我让你们看！我让你们看！我来让你们看看！”他甩脱他的大衣，然后脱下他的夹克和衬衫，他转过身，让他的裸背对着人们。

“你们瞧！”他呼吸急促地喊道，“你们看见了吗？那幅画就在这里！”

屋子里一下子静得鸦雀无声，每个人都被他的举动吸引了，一动不动地站着，处于一种吃惊和不安的困惑状态中。他们盯着这幅文身作品，虽然它的色彩依然明艳亮丽，但是现在老人的背更瘦了，肩胛骨更加突出了，虽然不是很严重，但效果是使得这幅画呈现出一种奇怪的、被压碎的外观。

有人说道：“我的天啊，确实如此！”

接着，人们涌上前来集聚在老人周围，人群中传来了兴奋和嘈杂的声音。

“这绝不会错！”

“是他的早期风格，对吗？”

“真奇妙！实在太奇妙！”

“看，这是签名！”

“把你的肩膀朝向前弓一些，我的朋友，这样的话这幅画会更平展。”

“老先生，这是什么时候画的？”

“一九一三年，”德里奥利没有转身，他说，“是一九一三年的秋天。”

“是谁教苏丁做文身的？”

“我教他的。”

“这个女人是谁？”

“她是我妻子。”

画廊的老板从人群中向德里奥利挤来。此时他平静下来，一脸严肃，嘴角挂着微笑。“先生，”他说，“我要买它。”当他下巴动的时候，德里奥利能看到他脸上松松的赘肉在颤抖，“我说我要买它，先生。”

“你怎么买它？”德里奥利轻声问。

“我会支付二十万法郎把它买下来。”画商的眼睛又小又黑，他那只阔鼻的鼻翼也开始颤抖起来。

“别卖！”人群中有人低声嘀咕着，“它的价值高过这个价格二十倍。”

德里奥利张开嘴想说话，但是什么也没说出口，所以他闭上了嘴巴，然后又张开慢慢地说，“但是我怎么卖掉它呢？”他举起双手，然后让它们松弛地落到身体两侧，“先生，我怎么能把它卖掉呢？”他的声音里饱含着人世的无奈和苍凉。

“是啊！”人群中有人说道，“他怎样才能卖掉它，这是他身体的一部分呀！”

“听着！”画商走近了说道，“我会帮你的，我会使你富起来。我们一起来为这幅画做些私人安排，好吗？”

德里奥利看着他，眼神迟钝，充满着不安。“但是你怎么能够买下它呢，先生？你买下它，你又能用它做什么？今晚你把它放在哪里？而明天又放在哪里呢？”

“哦，我将把它放在哪里？是呀，将它放在哪里？嗯，只好这样了……”画商用一只肥腴的白手指摸着鼻梁。“这么看来似乎，”他说，“如果我买下这幅画，我还要买下你。这倒是有点儿亏了。”他停下来，再次抚摸他的鼻子，“除非你死了，否则这幅画本身没有价值。你多大年纪，我的朋友？”

“六十一岁。”

“但是你看上去好像不太健壮，对吗？”画商把手从鼻子上放下，慢慢地用目光上上下下打量着德里奥利，仿佛一个农场主在评估一匹老马。

“我不喜欢这样。”德里奥利一边说着，一边缓缓地移动步子，“坦率地说，先生，我不喜欢这样。”没想到他直接栽进了一个高个子男人的怀里，此人伸出双手轻轻地抓住他的肩膀。德里奥利环顾四周并道歉。那人朝他微笑，用一只戴着淡黄色手套的手，轻拍着老人赤裸着的半边肩膀以示安慰。

“听好了，我的朋友。”这个陌生人说着，脸上依然含笑，“你喜欢游泳和日光浴吗？”

德里奥利抬头看他，非常惊异。

“你喜欢美味佳肴和来自伟大的波尔多酒庄的红葡萄酒吗？”这个人依旧满面带笑，露出一口洁白坚固的牙齿，中间有一颗闪亮的金牙。他用一种温和的劝诱方式说着，那只戴手套的手还放在德里奥利的肩上，“你喜欢这些东西吗？”

“是的，喜欢，”德里奥利回答道，带着一脸不知所措的茫然，“当然喜欢。”

“还有美女的陪伴？”

“为什么不呢？”

“还有一柜子为你量身定制的西装和衬衫？你看起来有点缺衣少穿。”

德里奥利看着这个举止文雅的男子，等着他说出其他的提议。

“你穿过专门为你的脚定做的鞋子吗？”

“没有。”

“你会喜欢吗？”

“嗯……”

“还有一个人早晨为你修面，梳理头发？”

德里奥利只是目瞪口呆地站着。

“还有丰满而迷人的姑娘为你修剪指甲？”

人群中有人在咯咯地傻笑。

“你的床边还有一只铃，早上用来召唤女仆给你送早餐？你喜欢这些东西吗，我的朋友？它们很吸引你吧？”

德里奥利只是呆站着，看着他。

“你知道吗，我是戛纳市的布里斯托尔酒店的老板。我现在邀请你去那里，作为我的客人入住酒店，在奢华和舒适中安享余生。”那个人停下来，让他的听众有时间品味这令人愉快的前景。

“你的唯一职责——我应该称它为你的娱乐——就是穿着游泳裤在我的海滩消磨时间，在我的客人中间行走，自个儿晒晒太阳、游泳、喝鸡尾酒。你会喜欢吗？”

老人没有回答。

“你难道不明白吗——所有的客人将因此能够看到苏丁这幅迷人的画作。你将成为名人，人们会说：‘瞧，这个家伙背上驮着一千万法郎。’你喜欢这个主意吗，先生？这让你开心吗？”

德里奥利抬头看着这个手戴淡黄色手套的高个子，还在怀疑这是不是一个玩笑。“这是一个滑稽的主意，”他慢慢地说道，“但你是认真的吗？”

“我当然是认真的。”

“等等，”那个画商插嘴说道，“听我说，老先生。我们的问题有答案了。我要买下这幅画，我将安排一名外科医生把这块皮肤从你背上移下来，那么你就可以自行离开，去享用我为此支付给你的一大笔钱。”

“那我的背上没有皮肤了？”

“不，不是，请听我说，你误解了。这个外科医生会把一块新皮植在老皮的地方。这很简单。”

“他能做到这个？”

“这不是问题。”

“不可能！”那个戴淡黄色手套的人说道，“要做这样一个重大的皮肤移植手术，他的年纪太大，会杀死他的。那会要了你的命，我的朋友。”

“这会杀死我？”

“这是自然。你绝不可能活下来，只有这幅画能安然留存。”

“我的天哪！”德里奥利嚷着。他吃惊地环顾着四周那一张张对着他的脸，在接下来的静默中，他听到另一个人的声音从那群人的背后轻轻地传了过来，“也许，如果有人出足够的钱给这老人就好了，他说不定会当场同意杀了自己，谁知道呢？”有几个人在偷偷地笑着。画商不安地在地毯上移动着脚。

然后，那只戴着淡黄色手套的手再次轻轻拍在德里奥利的肩上。“来吧，”这个人说道，他宽阔洁白的脸上泛起了笑容，“你和我这就走，去享用一顿丰盛的晚餐，我们可以边吃边谈。怎么样？你饿了吧？”

德里奥利看着他，皱着眉头。他不喜欢这个人长而弯曲的脖子，不喜欢这人说话时伸长脖子对着他的样子，那像是一条蛇。

“烤鸭和香贝坦红葡萄酒，”这人说着，他的话音里夹带着油腻多汁的咂咂声从舌头上飞溅出来，“也许还有栗子蛋奶酥，清淡而松软。”

德里奥利的眼睛朝上看着天花板，他那松弛的嘴唇湿漉漉的。可以看到口水从这个可怜的老人嘴中流下。

“你觉得鸭子怎么样？”这个人继续说道，“你喜欢它外面棕色的脆皮，还是……”

“我跟你去。”德里奥利赶快说，他已经拿起他的衬衫，疯狂地把它套过头顶。“等等我，先生，我跟你去。”一分钟不到，他和他的新赞助人一起消失在画廊外面。

在这以后，没过几个星期，一幅苏丁用一种不同寻常方式绘制的女人头像，被配上了精美的框架，涂了厚厚的上光油，出现在布宜诺斯艾利斯的市场上出售。事实上，在戛纳根本没有所谓的布里斯托尔酒店，这给人们留下了小小的悬念，人们不禁要为这个老人的健康祈祷，并衷心希望，无论此刻他可能身在何处，真的会有一个丰满迷人的姑娘为他修剪指甲，早晨还会有一个女仆把早餐送到他的床边。

首次发表于《纽约客》 1952.5.17

公主和偷猎者

虽然亨吉斯特现在已经十八岁了，但他仍然不想继承父亲的篮子编织生意，他甚至拒绝去河岸收集柳条。这让他的父母非常沮丧，但他们还是相当明智的，知道强迫一个小伙子去做他不愿做的事，是不会有任何成效的。

亨吉斯特是个外表极其不讨人喜欢的青年。他有着矮矮胖胖的身材，向外弯曲的短腿，长得出奇的手臂和五官皱拢的脸，他看上去几乎有点像是猿猴或大猩猩。他确实非常强壮，可以徒手把一根两英寸粗的铁棒对折起来，有一次他让一个老马车夫大吃一惊，因为马车夫的马跌进了沟里，他用双臂把这个动物整个抱了起来，放回到路上。

相当自然地，亨吉斯特开始对妙龄淑女动心了。但是正如人们所料，没有一个姑娘，无论貌美与否，会对亨吉斯特感兴趣。无可非议，他是一个非常和气友善的人，但是任何一个女人忍受男人的丑陋都是有限度的，而亨吉斯特远远超出了这个限度。事实上，他的丑陋已属这样一个极端，除了他的母亲，没有任何女性会想和他有任何关系。对这个青年人来说，这无疑是一个莫大的悲哀，也是十分不公平的，因为没有人应该对自己的长相负责。

可怜的亨吉斯特。虽然他知道，王国里的每一个少女、每一个青年女性他都永远不可企及，但是他春心依旧，对她们怀着不可遏制的渴想。无论何时，当他窥见一个姑娘在挤奶或在晾晒洗涤的衣物，他都会停步注视，心中涌起一种强烈的占有欲。

幸运的是，很快他就找到另一种宣泄内心冲动的出口，那就是去乡间远足，通过穿越森林和峡谷，让自己的热情冷却下来，这成了他的一种习惯。就这样接连几个星期下来，微妙的是，他竟坠入了另一个情网，陷入对旷野自然风景的挚爱中。他会在荒无人烟的地方整天游荡，像是一个沉默、孤独而又笨拙不堪的幽灵在和大自然默默对话。因此，渐渐地，自然而然地，他学到了大量有关动物和鸟类习性的知识。他还无比欣喜地发现自己具备了一种能力：他能悄然无声地在森林里行走，他能走近像野兔、野鹿那样胆怯机警的动物，离它们咫尺之距而不被察觉。这种本领不是靠训练就能达成的，它看起来是一种与生俱来的天赋，一种罕见的与自然融合的能力，就像幽灵一样，他会在人、鸟、兽都没有发现他的时候突然出现。

亨吉斯特家境贫寒，年复一年，他们几乎尝不到肉和野味。完全可以理解的是，很快亨吉斯特就醒悟到，通过做一点小小的偷猎能很轻易地改善他们家的处境，甚至他自己的命运。于是，他慢慢地以每个星期抓一只兔子或一只松鸡开始了，但没过多久，他就被那种追逐中的极度快乐和兴奋攫住了。毕竟，这是他可以做得非常出色的事情。偷猎是一种艺术，悄悄地接近一只浑然不觉的、蹲伏着的野兔，或是一把抓住一只栖息在枝头的野鸡，这种刺激带给他的是一种前所未有的满足感。他对这项活动入迷上瘾了。

但是偷猎在这个王国是一种危险的行当。这里的所有土地、森林和河流，要么属于国王本人，要么就是为某个大公爵所拥有，虽然他们庄园的步道向公众开放，供人们安静地散步，但在这块地界中偷猎是被严格禁止的。任何偏离指定步道的人都面临堪忧的后果，因为矮树丛里到处都布有机巧而隐蔽的陷阱，如果一个人踩到能释放弹簧的板上，它的铁嘴能将你的腿连同骨头死死咬住。可怜的俘虏便会被困在地上动弹不得，直到第二天巡逻的守林人过来将他擒获。

在国王和公爵们的眼里，偷猎是比谋杀还严重的犯罪。对谋杀的刑罚是简单的绞刑，但对偷猎的刑罚却要残酷得多。首先，定了罪的偷猎者要在一台特殊的磅秤上称重，然后会为其定制两个铅制的脚镯，其重量是由皇家数学家精心计算过的。在把他投入一个大的溺水浴池之前，受害者的脚踝上会箍上脚镯，双手被绑在背后。溺水浴池作为首都市集广场上的永久性建筑，是用石头砌成的。偷猎者的身高也事先由数学家测量过，然后根据他的身高在溺水浴池里加入一定量或减少一定量的水，确保这人踮起脚尖站在池底时他的头刚好在水面下，如此一来，这个受害者将在水中挣扎好几小时，有时会好多天，因为脚镯的重量会将他拖到水下，然后，当他的脚碰到池底时，他又会跳起来快速地呼吸一口空气。最后他会在完全精疲力尽的状态中沉下去。这种惩罚的残酷性，在很大程度上遏制了人们对土地法的违反。狩猎仅仅是皇室和公爵们的特权。

但是亨吉斯特并没有被吓倒，他对自己秘密行事的能力充满信心，所以对可怕的溺水浴池并不感到畏惧。当然，他的父母则被吓得魂不附体。无论在他每天晚上外出活动时，还是每天黎明他外套里藏着一只肥肥的松鸡或小野兔归来时，他们都在为儿子，其实也是为他们自己坐立不安。但是饥饿是一个强有力的劝说者，所以猎物也总是被接纳、烤掉，然后被津津有味地吃掉。

“儿子，你一直都很小心的，对吗？”他母亲一边用力咀嚼着一只山鹬柔嫩的胸脯肉，一边问道。

“我总是很小心的，妈妈。”亨吉斯特答道，“那个小老头国王和那些有钱的王公大臣，他们休想动我一根毫毛。”

亨吉斯特很快就对自己的偷猎能力自信到不屑以黑暗作为遮蔽，他开始在大白天外出，这是只有最勇敢或最鲁莽的人才会干出的事。然后有一天，在一个美好的春天早晨，他决定去整个王国防护最严密的地区，那是皇家森林的一部分，就在国王居住的城堡城墙下面，那里的野味比其他任何地方都丰富得多，但危险也极大。当亨吉斯特蹑手蹑脚、悄然无声地走进皇家森林的时候，同时也是在津津有味地体验着它的危险。

此刻，他一动不动地站在一棵粗大的山榉树的树荫里，看着一只幼小的雄獐吃草，他们相距不到五步，他在等待时机，准备扑上去抓住它。他可以透过一只眼角的余光看到皇家城堡的南墙，还听到了远处传来的喇叭声。他对自己说，他们可能在大门换防。然后突然，那只眼睛的余光扫视到了树丛里的一个人影，就在四十步之内的地方。他慢慢转过头，更小心地察看这人。你瞧！他立刻认出那人不是别人，正是年轻的公主，国王唯一的、视为掌上明珠的孩子。她是个年轻貌美得让人惊艳的少女，皮肤像丝绸手套一样纯洁光滑，正处于十七岁的妙龄。此时她就在这里，显然是在树林里采摘蓝铃花消磨早上的时光。当亨吉斯特看到她的时候，过去的那种激情一下子又涌了回来，他的心在狂跳。迷乱了一两分钟后，他考虑着跪到少女的面前，低声倾吐自己的爱意和仰慕，给她一个惊喜，但他很清楚接下来会发生什么，她只要看一眼他那可怕的丑陋模样就会尖叫着跑开，然后他会被抓住、处死。同时，他也生出另一个主意，他可以蹑手蹑脚地潜入她附近，在她浑然不觉之中来到她的身后，“啪”地用一只手捂住她的嘴巴，然后对她为所欲为。但很快，这个邪恶的念头被他逐之脑外，因为他憎恶任何的暴力。

接下来发生的事情非常突然。附近响起了一阵狩猎的号角声，亨吉斯特转身，他看到了一头巨大的野猪——他还从未见过如此大的野猪——正穿越树林冲了过来。在它后面大约五十步远，是骑在马上的国王和一群贵族，所有的人都手持长矛，全速追赶着野猪。公主正站在野猪奔来的路上，而那头野猪丝毫没有转弯绕开她的意图。恰恰相反，一头被追猎得发狂的野猪会攻击堵在它逃亡途中的任何人。甚至更糟糕的是，它会纵身朝旁边一跃，去攻击一个可能偶然来到附近的无辜旁观者。这时野猪已经发现了公主，于是直奔她而来。亨吉斯特看见这个少女扔下了她的蓝铃花束，奔跑起来。然后她似乎意识到这是徒劳，于是停下来，让身体紧靠在一棵大橡树的树干上，她站在那里，无助地张开双臂，好像即将要在十字架上受难的样子，等着那头发狂的野兽飞奔而来。亨吉斯特看着那头野猪，大小像一头小公牛，低着头朝前猛冲，两颗锋利的、闪闪发光的獠牙直指受害者。

他像箭一样地射出，飞扑过去，双脚几乎没有触及地面，当他意识到野猪会在他之前抵达公主时，他绝望地在空中做了最后一次俯冲，向远处伸出两手，就在那两颗獠牙快要撞上少女上腹的那刻，他成功地抓住了它们。亨吉斯特和野猪摔成一团，但是这个年轻人死死抓住獠牙不放，当他的脚再次跃起时，野猪随之而起，被这个王国里一双最强有力的手臂高高举起。亨吉斯特用他的双手猛然一拧，甚至在三十步之远的国王，也听到了野猪的颈椎断成两截的声音。接着，亨吉斯特把这头巨大的野兽来回甩动了几下，然后把它从自己头顶扔飞出去，就像是抛一根火柴那样轻松。

国王首先到达，他像疯了似的疾驰而来，在他女儿身边勒住吐着白沫的马，他身后跟着半打贵族，他们全都在国王身后停住。国王从他的战马上跳下，大声喊叫道："亲爱的！我的小心肝！你还好吗？"他从头到尾目睹了这持续四秒钟的一幕。真的，当他看见野猪径直朝他女儿冲去的时候，他认为她死定了。然后他看见这个离奇的人像箭一样射出来，在树林中间飞跃，在千钧一发之际扑向那头可怕的野猪。当国王把啜泣的公主拖到怀里安慰时，他的脸色苍白。亨吉斯特笨拙地站在旁边，手足无措，不知如何是好。

最后，国王转过身来看着亨吉斯特。看到这样一个丑得出奇的青年，他惊愕得半晌都说不出话来。但他仍然看着他，看着看着，他发现自己越来越喜欢眼前这个人了。一个男人很少会因为另一个男人的畸形外貌而不悦。总的来说，恰恰相反，男人们对其他长得特别好看的男人不会太友善，女人对其他女人也经常如此。再说，众所周知，美貌确实对异性有着极大的影响力，这是生活中的一个无情事实，但正如聪明的国王知道的，这在后来也会引起很多幻灭。是的，当他继续看着站在他面前的这个奇怪家伙时，他对自己说，这与城堡里他身边那些醉醺醺的、女人气的、好色的年轻宠臣多么不同！这是一个真正的男人！他勇敢、敏捷、无畏，让他的长相见鬼去吧！就在这时，国王狡黠的头脑里开始酝酿出一个诡诈的计谋。

他厚重而高贵的声音里充满了感情，他说："年轻人，今天你为我做了任何一个国民都该为他的国王做的最大贡献！你拯救了我生命中最宝贵的人，王国的明珠，我独生的孩子，真的，因为可怜的王后死了，我将永远只有一个孩子了！我想用一种慷慨的方式来奖励你，请立刻随我去城堡！”

国王把公主抱到他的战马上，自己坐在她后面的马鞍上。随从们纷纷上马，一溜烟地小跑而去，亨吉斯特也一脸茫然地跟在旁边跑着。

一到城堡，国王马上召集元老们前来议事。表面上，这些老人是统治王国的议会成员，但实际上是由国王本人决定一切事务，没有人敢反驳国王。

在元老议事厅里，共二十个人聚集在他们的长椅周围。

上面是一个高台，国王坐在他的宝座上，亨吉斯特站在他旁边，后者的服装不太适合这个场合。他穿着用某种粗麻布做的衬衫，他的马裤很肮脏，他没穿袜子的脚上是一双自制的凉鞋。元老们用讨厌的眼光看着这个丑陋的、衣衫不整的人，而国王微笑着。国王是个奇怪的人，很喜欢出怪诞的奇招、开玩笑和搞一些机巧的恶作剧。例如，在他可招待十二个客人的餐桌桌沿下面，隐藏着十二个小水龙头，如果他的客人，不论是男是女，惹怒了他或者说了什么愚蠢的话，国王会把手伸到桌子底下，打开对应的龙头，于是冒犯他的客人的椅背上方的中央小洞里会喷出强有力的水柱。

没过多久，国王就意识到长着如此一副可怕丑陋容貌的亨吉斯特，一定是这个王国里对性最失意的男人。实际上他已经注意到了，当这个青年人走过时，有几个宫廷淑女向后退缩着并把自己的脸掩住，这一切都和他的精心妙计很合拍。

“博学的元老们，”他向元老会致词，“这个英勇的青年人，名叫亨吉斯特，他用难以令人置信的动作，勇敢地拯救了你们未来的女王—— 公主的生命。我们对他的奖励再多也不为过。因此他每年将得到一千个金王冠的津贴，他将入住皇家庄园优雅而高品位的府邸，他将得到仆人和奢华的衣服，以及任何他希望有的奖赏。”

“嘿，嘿。”元老们低声说，“他理应得到这些。”

“但是这些无法和我现在要恩赐给他的东西相比。”国王继续说，“我已决定，我能够授予这个勇敢而英武的青年人的最大奖励如下：根据皇家法令，他还将被赋予……”说到这里国王戏剧性地停住了，元老们等着接下来的话，“他将被赋予对任何少女、少妇、女士、夫人、女伯爵、女公爵或王国里其他女性的绝对拥有权，在他任何想要的时候。”

元老们中间发生了一阵骚动。“您不能这样做！”他们喊着，“那我们的妻子呢？我们的女儿呢？”

“她们又怎么样？”国王问，“你们应该注意到，我甚至都没有赦免公主，所以我为什么应该赦免你们下贱的妻子和女儿？”

“您不能这样做，陛下！”元老们叫喊道，“法庭上会出现混乱！走廊里会有强奸！整个国家会有骚乱！我们可怜无辜的女儿！我们亲爱的妻子！”

“我倒是怀疑你们的女儿或妻子配不配，”国王语带讽刺地说，“只有大美人才可能取得这个人的青睐。当一个男人有选择权时，他会仔细权衡的。”

“我们恳求您，陛下！”元老们呼号着，“请不要强迫我们通过这道法令！”

“你们无论说什么都不能阻止我，”国王说，“此外，我宣布，任何拒绝顺从亨吉斯特伯爵求爱的女子—— 顺便说一下，我已经加封他为伯爵——将被放入溺水浴池处死。”

元老们都站起来，挥舞着他们的议事日程表，大声疾呼着反对国王。“您做得太离谱了！”他们叫嚷着，“这片土地将会出现性混乱！”

“别那么肯定嘛。”狡黠的国王说道。

“性混乱！”元老们反复嚷嚷着，“在城堡的防御墙上强奸！光那样还不够吗！”

“听着，”国王开始失去耐心，他说道，“如果你们再给我添堵，我把你们全都扔进溺水浴池！”

这才让他们闭了嘴。

“最后，”国王继续说，“你们最好仔细小心这一点，任何父亲、丈夫、兄弟，如果试图干涉高贵的伯爵的欲望，也将被投入溺水浴池。我说得够清楚了吧？”国王的声音像是一把钢刃，元老们坐下了，在气恼中保持着沉默。他们知道他们的统治者有着整个军队做他的后盾，是无所不能的。他也总是一意孤行。

“立刻起草公告，”国王说，“把它张贴在整个王国的城镇和乡村。派出城镇的公告员到每个小村庄宣读它！告诉民众，亨吉斯特伯爵有享用全国所有妇女的自由。而且一定要跟他们强调对于违令的惩罚。还有，亨吉斯特伯爵本人也被授予一张权力卡，他可以在任何他属意的少女和女性面前甩出。”

就这样，这一特别的法令被定为法律，亨吉斯特处于国王的全力保护下，搬进了城堡附近的官邸，在那里有仆人为他沐浴和梳理，教他怎样穿宫廷风格的衣服。

起初，这个可怜的家伙困惑不已，他笨拙地在宫廷里走来走去，遭到每个人的回避，公爵们冷落或不理他，女士们只要他一露面，全都逃之夭夭。谁能责怪他们呢？甚至连最淫荡的妓女都不想走近这个可怜的家伙。所有的人都把他视若麻风病人。

但是发生在亨吉斯特身上的事情很奇怪，他的欲望仿佛突然消失了。他知道他拥有着巨大的权力，他明白他有国王的全力支持，他能够找到和占有任何他想要的少女，不仅仅是宫廷里的，而且是全国城镇和乡村里的。问题在于，他不想要她们了。他觉得他丝毫没有冲动。这正如关于禁果的老生常谈，一旦容易吃到的话，胃口也容易消失。

几个星期以来，国王一直带着苦乐参半的心情观察着这一切，一天早晨他和公主在城墙上漫步时，碰巧遇见了亨吉斯特。“怎么样，我的孩子？”国王拍拍这个青年人的背，说道。

“陛下，”亨吉斯特说，“说实话，我不太喜欢您对我做的这些事情。”

“我亲爱的孩子，有什么麻烦吗？”

“这周围没有人喜欢我，”亨吉斯特说，“他们全都把我视若草芥。”

“我喜欢你。”公主突然说。

亨吉斯特注视着她，说道：“你喜欢我？”

“你是城堡里唯一一个不会在走廊里追逐我的人，”公主说道，“你是这整个地方最正派的人。”

“现在我仔细想来，亲爱的。”国王露出了一丝微笑，说道，“我觉得你说得没错。”

“我知道我是对的，父王，”年轻的美人说，“周围所有其他男人都令人恶心，我讨厌他们。”

“他们中有些很英俊，亲爱的。”国王说。

“这毫不相干！”公主喊着，“我不在乎外表！”

“你是说你有点喜欢我？”亨吉斯特紧张地询问道。

“岂止喜欢！”公主喊叫着投入他的怀中，“我爱你！”

国王悄悄地离开，让他们单独相处。他对事情的结果深感满意。

首次发表于《两个寓言》1986

苦果有源：一个真实的故事

“一切正常，”医生说，“试着躺下来放松一下。”他的声音既像远在几英里之外，又似乎是在她面前大喊大叫。

“你生了个儿子。”

“什么？”

“你添了一个健康的儿子。你明白我说的，对吗？一个健康的儿子，你听到他哭了吗？”

“他一切都好吗，大夫？”

“当然，他安然无恙。”

“请让我看看他。”

“你马上就会看到。”

“你肯定他没事？”

“我很确信。”

“他还在哭？”

“只管休息吧，没什么可担心的。”

“为什么他不哭了，大夫，发生什么事了？”

“请别激动，一切都正常。”

“我想看看他，请让我看看他。”

“亲爱的夫人，”医生轻轻拍着她的手说，“你生了个非常健康强壮的孩子。你难道不相信我对你说的话？”

“那边的那个女人在对他做什么？”

“在帮你打理宝宝，让他看上去漂亮一些。”医生说，“我们给他稍微洗了个澡，仅此而已。你必须给我们点时间来做这些。”

“你发誓他没事？”

“我发誓。你现在躺好了，安心休息。闭上你的眼睛。快，闭上。这就对了，这样更好。好孩子……”

“大夫，我祈祷了又祈祷，祈祷他会活下来，”

“他当然会活下来，你说什么哪？”

“另外几个都没有活。”

“什么？”

“大夫，我的其他孩子都没有活下来。”

医生站在床边，低头看着这位年轻妇女苍白而憔悴的脸。此前他从没见过她，她和她丈夫是镇上的新来客。前来帮助分娩的旅馆老板的妻子告诉医生，孕妇的丈夫在当地边境的海关工作，大约三个月之前，他们两个带着一只皮箱和一只手提箱，行色匆匆来到旅馆。旅馆老板的妻子说，那丈夫是个酒鬼，是一个傲慢、专横、恃强凌弱的酒鬼，但那个年轻的妇人倒是很温和、虔诚，她忧愁哀伤，从来没有笑脸。在旅馆下榻的几个星期中，旅馆老板的妻子从没见她笑过。还有一个谣传，说她是她丈夫的第三段婚姻，他的一个妻子死了，另一个因为他的声名狼藉和他离婚了，但只是传闻而已。

医生弯下腰，把被单拉到病人胸部上面一点。“你没有什么可担心的，”他温和地说，“这是一个完全正常的婴儿。”

“他们对我的其他孩子也是这样说的，但我失去了他们，一个没剩，大夫。在过去十八个月里，我失去了三个孩子，所以，你不要因为我的焦虑而责备我。”

“三个？”

“这是我的第四个……四年之中。”

医生不安地在光秃秃的地板上挪动他的脚。

“我不认为你明白这意味着什么，大夫，我统统失去了。他们三个慢慢地、分别地、一个接着一个走了。我还能看到他们，我现在就能看到古斯塔夫的脸，清晰得就像他躺在这里，躺在我旁边的床上。大夫，古斯塔夫是个可爱的男孩，但他时常生病，当他们总是生病而你又无能为力的时候，这太可怕了。”

“我明白。”

妇人睁开了眼睛，定定地向上看了医生几秒钟，然后又闭上了它们。

“我的小女孩叫艾达。她是圣诞节前几天死的，离现在才四个月。大夫，我真希望你能够看到艾达。”

“现在你有了一个新的孩子。”

“但艾达是那样俊俏。”

“是的，”医生说，“我知道。”

“你怎么会知道？”她哭了起来。

“我确信她是个可爱的孩子，但这个新生儿也是这样。”医生转身从她床边离开，走到窗边，然后站在那里注视着外面。这是四月的一个灰蒙蒙的雨天下午，他能看到街对面住宅的红屋顶和瓦上溅起的硕大雨点。

“大夫……艾达两岁大，她是那样俊俏，从早上我给她穿好衣服，到晚上她安然回到床上，我的眼睛根本无法离开她。我过去一直生活在提心吊胆的恐惧中，害怕这孩子会出什么事。古斯塔夫走了，我的小奥托也走了，她是我唯一留下的孩子。那时我常常在半夜起来，轻声慢步地走到摇篮旁边，把耳朵贴近她的嘴，只是为了确定她还在呼吸。”

“尽量放松，”医生说着回到床边，“请尽量放松。”这妇人的脸色苍白，几乎没有血色，她的鼻孔和嘴巴周围有一种淡淡的蓝灰色。几缕湿漉漉的头发垂在她的前额，粘在皮肤上。

“大夫，她死的时候……这事发生时我又怀孕了。艾达死的时候，这个新生命已足足四个月了。‘我不想要它！’丧礼之后我大声喊叫着，‘我不会拥有它！我已经埋葬了够多的孩子了。’我的丈夫……手上拿着一个大啤酒杯在客人中间走来走去……他飞快地转过身来说：‘我有个消息告诉你，克拉拉，我有一个好消息。’大夫，你能想象吗？我们刚埋掉我们的第三个孩子，他却手拿啤酒杯站在那里，还告诉我他有好消息。‘今天我被派往布劳瑙，’他说，‘所以你可以马上收拾行李了，克拉拉，这对你来说是个新开始。’他说：‘那是一个新的地方，你可以有一个新医生……’”

“请别再说话了。”

“你就是新医生，是吗，大夫？”

“正是。”

“现在我们是在布劳瑙？”

“是的。”

“我被吓坏了，大夫。”

“别害怕。”

“现在这第四个的命运会如何？”

"你必须停止胡思乱想。"

"我做不到，我确信有某种遗传因素，才造成我的孩子们这样死去，肯定有。"

"纯属胡扯。"

"大夫，你知道奥托生下来的时候我丈夫对我怎么说吗？他走进房间，看着睡着的奥托的摇篮说：'为什么偏偏我的所有孩子会这样又小又弱？'"

"我肯定他不会那么说。"

"他把头伸到奥托的摇篮里，像是在检查一只小昆虫，他说：'我想说他们成为标本不是更好吗？这就是我要说的。'过了三天，奥托就死了。我们很快在第三天为他做了洗礼，但当天晚上他就死了。然后古斯塔夫死了，接下来艾达又死了。大夫，他们全都死了……整个屋子一下子空了……"

"现在别去想他们了。"

"这一个也很小吗？"

"他是个正常的孩子。"

"但是很小？"

"也许他有点儿小，但小的往往比大的强壮得多。想象一下，希特勒太太，明年这个时候他就差不多学会走路了，想想这个不是很可爱吗？"

对此她没有接嘴。

"两年之后，他可能会没头没脑地和你交谈，而你准会被缠得发疯。你为他取好名字了吗？"

"名字？"

"是的。"

“我不知道。我不确定，我记得我丈夫说过，如果是个男孩我们打算叫他阿道弗斯。”

“也就是说他会被称作阿道夫[1]。”

“是的，我丈夫喜欢阿道弗斯，因为它和阿洛伊斯颇为相似，我丈夫叫阿洛伊斯。”

“很棒。”

“哦，不！”她喊叫着，突然从枕头上弹起来，“奥托出生时他们也这样问我！这意味着他要死了！你们得马上为他施洗！”

“好了，好了。”医生一边说着，一边轻轻抓住她的肩膀，“你完全错了。我保证你错了。我只不过是个爱打听的老人，仅此而已。我喜欢谈论名字，我觉得阿道弗斯是个特别好的名字，是我最喜爱的一个。你瞧——嘿！他现在来了。”

旅馆老板的妻子把婴儿高高地抱在她宽大的胸口上，稳着步子穿过房间，走到床边。“小美男来了！”她大声说道，脸上堆满笑容，“亲爱的，你想抱抱他吗？把他放在你旁边好吗？”

“裹好他了吗？”医生问，“这里特别冷。”

“当然，裹得严严实实的。”

婴儿被紧紧裹在一块白色的羊毛包巾里，只露出粉红色的小脑袋。旅馆老板的妻子把他轻轻放在床上，放在他母亲旁边。“给你。”她说，“现在你可以这样躺着，心满意足地看着他。”

“我想你会喜欢他，”医生说着脸上露出笑容，“他是一个很棒的小宝宝。”

“他有一双比什么都可爱的小手！”旅馆老板的妻子嚷着，“手

1　阿道夫（Adolf），阿道弗斯（Adolfus）的昵称。

指是多么纤细啊！”那母亲没有动，甚至都没有转过头来看一看。

“快啊！”旅馆老板的妻子喊道，“他又不会咬你！”

“我害怕看他。我不敢相信我又有了一个宝宝，而且他还是好好的。”

“别犯傻了。”

慢慢地，那母亲转过了头，看着身旁枕头上这张安详得令人难以置信的小脸。

“这是我的宝宝？”

“当然。”

“哦……哦……他很俊。”

医生转身离开，走到桌子那边，开始把他的东西放进自己的袋子里。那母亲躺在床上注视着孩子，露出了笑容，并抚摸他，发出丝丝愉悦的声音。“喂，阿道弗斯，”她轻声说，“喂，我的小阿道夫……”

“嘘！”旅馆老板的妻子说，“听，我想是你丈夫来了。”

医生走到门口，打开了门，朝外面走廊里看。

“是希特勒先生吗？”

“正是。”

“请进。”

此时，一个身穿深绿色制服的小个头男子悄悄走进病房，然后环顾四周。

“恭喜你，”医生说，“你有一个儿子了。”这个男人有一副威武的络腮胡，是仿照弗朗茨·约瑟夫一世[1]的样式精心修剪的，他身

1 *Emperor Franz Josef*，1830—1916，奥地利皇帝兼匈牙利国王，奥匈帝国的缔造者。

上散发出一股强烈的啤酒味。“一个儿子？”

“是的。”

“他怎么样？”

“他很好。你妻子也是。”

“好。”这位父亲转过身，然后古里古怪地昂着头，颠着小步走到他妻子躺着的床前。“好啦，克拉拉，”他透过络腮胡露出了笑容，问道，“情况怎样？”他弯腰看了看婴儿，然后把腰弯得更低。在一阵局促忙乱中，他的身子弯得越来越低，直到他的脸离婴儿的头大约仅十二英寸。他妻子在枕头上侧身躺着，抬头望着他，一副哀求的样子。

“但是，天啊，克拉拉……”

“怎么啦，亲爱的？”

“这一个甚至比奥托还小！”

医生快速地向前走了几步。

“这个孩子没有什么问题。”他说。

慢慢地，这位丈夫挺直了身子，转身离开病床，然后看着医生。他像是不知所措，受到沉重的打击。“大夫，大可不必说谎，”他说，“我知道这意味着什么。相同的事情将再次发生。”

“现在，请你听我说。”医生说。

“但是大夫，你知道其他孩子的情况了吗？”

“希特勒先生，你必须忘掉其他的，给这孩子一个机会。”

“但是他这样小，这样弱！”

“我亲爱的先生，他才刚刚出生。”

“即使如此……”

“你到底想做什么？”旅馆老板的妻子喊道，“你要把他咒入坟墓？”

“够了！”医生语气激烈地说道。

那母亲开始哭泣，剧烈抽泣之下，她的身体在打颤。

医生走到那丈夫身边，一只手放在他的肩上。“对她好点，”医生轻声说，“请务必，这很重要。”然后捏紧那丈夫的肩膀，开始暗暗地把他推向床边。那丈夫犹豫着，医生的手捏得更紧了，通过手指动作急切地暗示着他。终于，这丈夫不情愿地俯下身子，轻轻吻了他妻子的脸颊。

“没事了，克拉拉。”他说，“别哭了。”

“我已经努力祈祷过，希望他能活下来，阿洛伊斯。”

“是的。”

“这几个月来，我每天都去教堂，跪着祈求这一个孩子可以活下来。”

“是的，克拉拉，我知道。”

“我们已经死了三个孩子了，我无法再承受一个，这难道你不明白？”

“当然。”

“他必须活下去，阿洛伊斯。他必须，他必须……哦，上帝！怜悯他吧……”

首次发表于《花花公子》1959.12
原名《一个健康的儿子》

克劳德的狗：费西先生

那个重要的日子到来的时候，我们两人都起得很早。

我想去厨房刮一下胡子，而克劳德已经穿戴妥当，跑到外面去整理稻草。厨房是前面的一间屋子，透过窗子，我能看到阳光刚刚爬上树梢，太阳从山谷对面的山脊上缓缓升起。

克劳德每次抱着一大捧稻草从窗边走过时，我都能从镜子边缘注意到他脸上专注的、气喘吁吁的神情，那颗硕大的圆脑袋向前伸着，布满深深皱纹的前额向上延展到发际线。他这副模样以前我仅看到过一次，那是他向克拉丽斯求婚的晚上。今天他如此兴奋，甚至连走路也显得古怪，轻轻地踩着地面，仿佛加油站周围的水泥地太烫了，他的脚底受不了。为了让杰基舒服一些，他不停地忙着，把越来越多的稻草抱到厢式货车后面。

然后他进入厨房做早餐。我看见他把汤罐放到炉灶上，开始搅动。他用一只长形的金属汤匙，一直不停地搅啊搅，一直搅到沸腾，大约每隔半分钟，他会身体前倾，把鼻子探入令人反胃的煮马肉的甜蒸汽中，然后开始加入其他作料—— 三个剥了皮的洋葱、几根嫩胡萝卜、满满一大杯荨麻茎叶、一汤匙情人牌肉汁、十二滴鳕鱼肝油—— 他用又大又粗的指尖轻轻地拿起每一样东西，仿佛那可能是一小块威尼斯玻璃碎片。他从冰箱里取出一些剁碎的马肉，掂量着抓了一把放进杰基的碗中，抓了三把放进另一只碗中，当汤做好后，他把它分成两份，倒在马肉上面。

这就是过去五个月里，每天早晨我都能看到的相同程序，但是它从没显得像今天这样紧张和屏息凝神。他不说话，甚至都没有朝我这边看一眼，他再次转身出去牵狗的时候，连他的颈背和肩膀也似乎在窃窃私语。“哦，主啊，可别出什么差错，尤其是今天，别让我做错任何事情！”

他在畜栏里为狗拴上皮带时，我听到他和它们轻声说话。他把它们带进厨房后，它们欢快地蹦跳着，争先恐后地跑向早餐，两对前脚抬起又踏下，粗大的尾巴鞭子似的左右晃动。

“对了，”克劳德终于开口了，他问道，“是哪一只？”

大多数早晨他都会和我赌一包香烟，但是今天是更大的事情将要来临的紧要关头，我知道在此刻，他唯一想要的就是一点额外的安慰。

当我开始绕着这两条长得一模一样、漂亮而高大、黑如天鹅绒的狗走动时，他注视着我，让到一边，手持牵引绳和它们保持着一臂的距离，以便让我看得更清楚些。

“杰基！”我试起那个从没奏效过的老把戏，“喂，杰基！”两个完全一样的脑袋以完全一样的神情转来转去地看着我，四只明亮的、完全相同的、深黄色的眼睛凝视着我的眼睛。有时候，我觉得其中一只的黄眼睛要比另一只略微深些。还有些时候，我想我能认出杰基是因为它的胸部更饱满，尾部的肌肉更发达，但其实并非如此。

“快点。”克劳德催促道，他希望在今天这个关键的日子里我会猜错。

“这一条，”我说，“这条是杰基。”

“哪一条？”

“左边这条。”

“你瞧！”他叫喊起来，整张脸突然堆满了笑容，“你果然又猜错了！”

“我不认为我错了。”

“你差不多大错特错。现在听好了，戈登，我要告诉你一些事情。最近几个星期，每天早晨，在你想把它认出来的时候—— 你知道吗？”

“什么？”

“我一直在计算次数。结果是你甚至都没猜对一半！你最好还是投掷一枚硬币来决定吧！”

他的意思是如果我（一个每天看到它们并与之擦身而过的人）都不能猜对，那么我们为什么要害怕费西先生呢？克劳德知道，费西先生在识别替身方面是个大名鼎鼎的能手，但他也知道，在两条狗没有任何不同的情况下，要看出它们之间的差异非常困难。

他把装狗食的碗放到地上，把肉较少的一碗给杰基，因为它今天要赛跑。当他退后看着它们吃饭的时候，深重的忧虑又像阴云一般浮上他的面颊，他用那双灰色的大眼睛注视着杰基，这是一种充满热情、融合着爱的目光，这种目光最近只有克拉丽斯才享有过。

“你看，戈登。”他说，“这正是我一直在跟你说的。在过去一百年里，有各种各样使用替身的方法，有些很管用，有些没效果，但是在整个跑狗史上，从来没有出现过一个像这样的替身。”

“但愿你是对的。”我说，我的记忆开始回溯到圣诞节前那个冰冻的下午。在四个月前，克劳德问我借用厢式货车，向艾尔斯伯里的方向驾车离开，也没说去哪。我猜他是去看克拉丽斯，但后来他在下午回来时，带回了这条狗，说是用三十五先令从一个人手中买下的。

“它跑得快吗？”我问。我们站在油泵旁边，克劳德用皮带牵着狗，看着它。一些雪花飘下来，落在这条狗的背上，厢式货车的引擎还在转动。

“快吗？”克劳德回答道，“它差不多是你这辈子见过的跑得最慢的狗！”

“那么你买它做什么？”

“噢。”他那张大牛脸上浮现出诡秘和狡黠的神情，说道，“我突然想到它可能看起来有点像杰基。你说呢？”

“现在经你这么一说，我确实觉得有点儿像。”

他把牵引绳交给我，我牵着这条新狗进屋擦干它，而克劳德则跑到围栏去牵他心爱的狗。当他回来后，我们第一次将这两条狗放在一起，我还能记得他退后着说道：“哦，老天！”他呆如木鸡地站在它们前面，仿佛看见了一个幽灵。然后他变得既激动又安静，他跪下来，开始一个部位、一个部位地仔细对比它们，在这段持续很长、不出声音的检查中，他甚至连脚指甲和露趾爪——每只狗身上有十八个——都做了相互间的颜色比较，这期间，我能感觉到他的兴奋在分分秒秒地点燃，屋子也似乎变得越来越暖和了。

“瞧。”最后他站起来说道，“让它们在房里来回走几次，好吗？”然后他站在那里足足有五六分钟之久，只见他靠在炉灶上，眯起眼睛，歪着脑袋看着它们，还皱起眉头，咬着嘴唇。过了一会儿，他像是不相信自己一开始看到的，又跪了下来，重新对它们的每个部位再做一次检查。突然，就在检查的时候，他跳起来看着我，他的脸僵硬而紧张，鼻孔和眼睛周围泛起一种奇怪的白色。“好了，”他声音带着些微的颤抖，说道，“你知道吗？我们成功了，我们要发财了。”

然后我们两人在厨房里做了私密性的讨论，制订详细的计划，选择合适的跑道。最后，每隔一周的周六，总共有八次，我们关闭了我的加油站（放弃整整一个下午的营业），一路载着替身去牛津，去往黑丁顿附近田野里的一条肮脏的跑道，虽然它是一个赌大钱的地方，但实际上那里只有一条用旧柱子和绳子拦出的跑道，还有一辆翻过来用以拖假兔的自行车，再有就是远处端头上的六个隔栏和发令员，除此之外什么也没有了。在十六个星期里，我们载着这条替身去了那里八次，让它和费西先生在一起，在雨天冰冻的寒冷中我们站在人群边上，等着它的名字被粉笔写在黑板上。我们叫它黑豹，当它的名字出现时，总是克劳德带着它进入跑道，我会站在终点候着它，让它避开那些好斗的吉卜赛狗，这些吉卜赛狗经常有意潜入，在比赛结束时把另一只狗撕成碎片。

但是你要知道，带着这条狗去那里参赛这么多次，这自始至终的整个过程相当令人悲哀，让它赛跑、看着它，希望并祈祷不管发生什么它总是最后一名。当然，祈祷是大可不必的，我们从来没有真正担忧的时候，因为这老兄根本就不会疾跑，就是这么回事。确切地说，它跑起来宛如一只螃蟹。只有一次它没有名落榜尾，这是因为一条名叫安伯·弗拉什的浅褐黄色大狗把一只脚陷进了一个洞里，折断了肘关节，只能用三条腿跑完全程。但即使如此，我们的狗也只是赢了它。所以就这样，我们使它落到了和低矮的杂种狗相同的最低等级，上一次我们去那里，所有的赌注经纪人都以二十比一或三十比一的赔率押在它身上，他们呼喊着它的名字，请求人们对它下赌注。

现在，终于在这个四月的晴天，轮到杰基正式上阵了。克劳德说我们不用再让替身去跑了，否则费西先生可能会开始厌烦它，把它给彻底否决掉，因为它跑得实在太慢。克劳德说这是让它离开的最佳心理时间，杰基会领先三十到五十个身长。

他把杰基从幼犬开始养大，它现在还只有十五个月大，但它是一个快跑手。虽然它还从没赛跑过，但是根据记录它绕乌克斯桥私立学校小跑道的时间，我们知道它跑得快，从它七个月大开始，克劳德每个星期天带它去那里——除了有一次带它去做疫苗接种之外。克劳德说，它的速度可能还没有快到足以在费西先生的赛场里赢得头筹，但是我们现在把它弄成了和杂种劣狗为伍的最低等级，它即使跌倒，再爬起来，但仍能领先二十个身长——好吧，不管怎么说，准能领先十到十五个身长，克劳德这样说。

因此今天早上我必须去村里的银行，为我自己取五十英镑，再取五十英镑给克劳德，作为他的预付工资，然后在十二点钟锁上加油站，在一只油泵上面挂上这天关门的通知。克劳德会把替身关在后面的围栏里，把杰基放进货车，然后我们就出发。我不敢说我和克劳德一样兴奋，再说，我也没有什么重要的事情需要依赖它，比如买屋和结婚。我也不像他那样，几乎和灰狗们一起出生在狗窝里，整天东游西荡、无思无想——也许除了晚上想克拉丽斯。就我而言，我有加油站老板这样一个职业，它使我一直忙忙碌碌，更不用说二手车生意了，如果克劳德想和狗厮混在一起，我也无所谓，特别是像今天这样的事情——如果它能成功！事实上，我也并不介意承认，每当我想到我们投入的钱和我们可能赢的钱时，我的胃就会有点上下翻腾。

两条狗此刻已经吃完了早餐，克劳德带着它们穿过对面的田野，去做一个短暂的散步，而我穿好了衣服，在做煎蛋。再后来，我去银行取款（全部是一英镑的），上午剩下的时间似乎很快就进入到对顾客的服务中。

十二点，正当我锁上门，并在泵上挂上通知时，克劳德从后面牵着杰基走来，并提着一只用红褐色硬纸板做的手提箱。

“手提箱？”

“装钱用。”克劳德回答，“是你自己说的，没有人能在口袋里装下两千英镑。”

这是一个可爱的、鹅黄色的春日，树篱上的花蕾全都绽开了，阳光照进路对面高大的山毛榉的浅绿色嫩叶丛中，并透过它的缝隙投射过来。杰基看上去很精神，两块甜瓜一样大小、又硬又大的肌肉鼓在后腿上，它的皮毛犹如黑丝绒，闪闪发光。当克劳德把手提箱放进货车时，这条狗用脚趾跳了一段小快步舞，以显示它准备就绪，然后抬起头来看着我，咧开嘴巴露出了牙齿，好像知道它要出发去参加赛跑，将赢得两千英镑和一大堆赞誉。杰基这条狗，它有着我见过的最开怀的、最人性化的咧嘴露齿笑。它不仅会提起上唇，实际上还会伸展着嘴角，所以能够看到它嘴里的每一颗牙齿，也许除了后面一两颗臼齿。

我们上车出发了。由我驾车，克劳德坐在我旁边，而杰基站在后面的稻草上，从我们肩上透过挡风玻璃望着车外。克劳德频频转过身，试图让它躺下，这样，不论我们在什么时候急转弯，它都不会被甩倒，但是这条狗太兴奋了，除了对他咧嘴笑和摆动着大尾巴外，什么也不听。

“你去拿钱了吗，戈登？”克劳德一支接一支地、不停地抽着纸烟，完全无法平静下来。

“拿了。”

“还有我的？”

“我拿了一百零五英镑，五英镑照你说的，给驱动假兔的人，这样他就不会停下野兔让比赛中断。”

“好。”克劳德好像冻僵似的，使劲搓着双手，说道，“好，好，好。”

我们驱车穿过窄小的大米森登商业街，瞥见了老拉明斯走进“老马头”酒吧去过他早上的一杯酒瘾，然后我们在村子外面左转，攀上了奇特恩斯的山脊，朝里斯伯勒王子城而去，从那里到牛津只有二十多英里。

现在，一种沉默和紧张的气氛笼罩着我们两人。我们静静地坐着，一言不发，各自都怀着各自的担忧和激动，抑制着各自的焦虑。克劳德不停地抽烟，把抽了一半的烟扔到窗外。通常在这些旅程中，他在来回路上都会从头到尾滔滔不绝地说话，说他一生中对狗做过的所有事情，说他做过的工、去过的地方、赢过的钱；还说别人与狗之间的各种各样的故事，有关偷窃、残忍、难以置信的欺骗和跑狗时狗主人的狡猾。但是今天我觉得他不希望自己说很多话，此刻，就这点而言，我也一样。我坐在那里看着路，试图通过回想克劳德告诉我的那些奇奇怪怪的跑狗骗局，让自己把注意力从即将发生的事情上转移开来。

我敢发誓，在这方面没有一个活着的人比克劳德知道得更多，自从我们养了替身并决定干这种营生，他就开始对我进行行业知识的启蒙和传授。到现在，我想至少在理论上，我所知道的差不多和他不分上下了。

我们在厨房里面开始了最初的策略讨论。我记得是在替身来的那天，我们坐在那里看着顾客经过窗口，克劳德向我解释着所有我们必须要做的事情，我真的是在尽我所能地听着，直到最后我才忍不住问了一个问题。

“我不明白的是，”我说，“你究竟为什么要用替身。如果我们一直用杰基跑，只是在前六场比赛中阻止它，让它落到最后一名，这不是更安全吗？然后当我们万事俱备，再让它好好跑。如果我们这样做的话，最终结果也是相同的，不是吗？而且，这样就没有被抓住把柄的危险。”

“嘿，就按我说的那样做吧！”克劳德抬头快速地看了我一眼，然后说，“嘿，别那样说！我不是告诉过你我从不做‘阻止’这种事。你是怎么回事，戈登？”看来他真的被我说的话触痛和震惊了。

“我不知道我说的有什么不对。”

“戈登，你听我说。阻止一条好狗会使它心碎。一条好狗它知道自己跑得快，如果看见其他所有的狗都跑在前面，却不能够追上它们—— 我告诉你，它会心碎的。更重要的是，如果你知道那些家伙在赛狗中使了什么诡计去阻止他们的狗，你就不会提出这样的建议了。”

“什么诡计，比如？”

“几乎可以使出世上的一切伎俩，只要它能使狗跑得慢。一条好的灰狗要碰到很多阻碍才会慢下来，它们充满勇气和无比疯狂的渴望，你甚至不能让它们观看一场狗赛，因为它们会从你手中扯断皮带，急切地想要加入进去。有很多次我看见折断了腿的狗仍然坚持到比赛结束。”

然后他停下来，用那双暗淡的大眼睛若有所思地看着我，神情非常严肃，显然在整理思路。“也许，”他说，“如果我们要把这件事做好，我最好告诉你一两件事，这样你就会明白我们要面临的是什么。”

“说下去，告诉我。”我说，“我想知道。”

他默默地对着窗外看了一会儿。“你必须记住，”他以阴郁的口吻说道，“所有那些带着狗去赛跑的家伙——他们是狡诈的，他们比你想象中更狡诈。”他又停住了，在整理他的思路。

“现在，我来举例说明各种阻止狗的方法。首先，最普通的方法，是用带子勒。”

“用带子勒？”

“是的，用带子勒紧它们，那是最常见的做法。你瞧，就是用口套的带子紧紧勒着它们的头颈，勒到它们几乎不能呼吸。一个聪明的人知道在比赛中利用皮带上的哪个搭扣，也知道这能使他的狗输掉多少个身长的距离。一般来说，勒紧两个凹槽可以落后五六个身长。把它弄得很紧，它就会落在最后。我已经看到过很多狗在热天因带子扣得太紧而昏倒和死亡了。它们是被勒死的，绝对是被勒死的，这也是一件极其可恶的事情。还有，他们有些人会用黑棉线把狗的两个脚趾绑在一起，这样它失去了平衡，就绝不可能跑得像原来那样好。”

“这听起来还不太坏。”

“此外，还有其他的，把一块刚刚嚼过的口香糖粘在它们的尾巴下面，靠近尾巴和身体的连接处，这不是什么好笑的事。”他愤愤不平地说，“一条奔跑的狗，它的尾巴会非常轻盈地上下摆动，尾巴上的口香糖一直粘在后面最柔软的毛上。你要知道，没有一条狗会喜欢这样。然后，还有用安眠药的，现在这种方法大行其道。他们按狗的体重下药，简直像个医生，根据想让它慢下来五个、十个，还是十五个身长来确定药粉的用量。这些只是几种普通的方法，”他说，“实际上它们还算不了什么，和其他一些能在比赛中阻止一条狗的事情相比，特别和吉卜赛人做的事相比，那绝对算不了什么。提起吉卜赛人做的事情那简直是太恶心了。比如，他们会把自己的狗放到陷阱里，那几乎是你对你最坏的敌人也不会做的事情了。”

当他告诉我那些事的时候，我觉得确实可怕极了，因为它们涉及肉体伤害和频繁的痛苦折磨。然后他继续告诉我，那些人想让狗赢的时候会怎样做。

“让它们跑得快和让它们跑得慢是同样可怕的事情。”他轻声说道，脸上的神情模糊不清而又诡秘，“也许最常用的是冬青油，无论什么时候，当你看见一条狗逛来逛去，它的背上没有毛发，或者周身布满小的秃斑，这就是冬青油造成的。因为比赛前，他们在它的毛皮上过猛地涂擦过冬青油。有时候会用斯隆擦剂，但多半是用冬青油。这会产生非常可怕的刺痛感，这种刺痛感很不好受，会让所有的老狗都只想奔跑逃命，它们跑啊跑，为了摆脱痛苦，它们不顾一切地拼命奔跑。

“此外，他们还用针筒注入特殊的药物。提示一下，那是种现代的方法，赛场的多数小混混由于孤陋寡闻，还不懂得使用它。一些从伦敦来的家伙，他们的大车里载着通过贿赂体育场的驯狗员，从那里借来参加当天比赛的狗，这些家伙就是使用针筒的人。”

我还记得，他坐在厨房的桌子旁边，嘴上叼着一根纸烟，一边垂下眼睑挡住烟雾，一边透过满是皱纹、几乎合上的眼皮看着我。他说：“戈登，这是你一定要记住的。如果他们要一条狗赢，没有什么事情是他们做不出来的。另外，不论他们对它做了什么，没有一条狗能跑得快过它体格所能承受的。所以我们如果能够让杰基落到最低等级，那么我们就成功了。最低等级的狗里没有一条能追上杰基，即便是擦了冬青油和打了针的也不能，即便是用了生姜的也不能。”

“生姜？”

“当然了，用生姜，这也是一种常见的方法。他们是怎么做的呢，他们会拿一块胡桃大小的生姜，在它们开跑前的五分钟塞进狗的体内。”

“你是说塞到它嘴里？让它吃下去？”

“不。”他说，“不是塞到它的嘴里。”

话题就这样继续下去。在我们之后的八次带替身去比赛的长途旅行中，我听到越来越多有关这项迷人运动的故事—— 听得特别多的是阻止它们和加速它们的方法（甚至知道了药物的名称和使用的剂量），我听到过“鼠治疗”（用于不肯追逐的狗，使它们去追逐假兔）的方法：把一只老鼠放在一只铁罐里，然后把铁罐系在狗的脖子上，在罐盖上开一个小洞，洞的大小能让老鼠窜出脑袋来咬狗。但是狗却抓不到老鼠，由于脖子不断地被咬，它自然会近乎疯狂地奔跑，而它越是把罐子摇晃得厉害，老鼠越是咬它。最后，当有人把老鼠放出来时，狗会愤怒地扑上去，把它撕成碎片，而在那之前，它是一只温顺的、摇头摆尾的、不会伤害老鼠的动物。这样做了几次，这条狗会变成一个真正的杀手，它会追逐任何东西，甚至假兔。克劳德说："说真的，我并不赞同这样做。"

我们现在开过了奇特恩斯，从榉树林里出来，进入牛津南边平坦的乡村，那里遍布着榆树和橡树。克劳德默默地坐在我旁边，紧张不安地抽着烟，每隔两三分钟，他会转过身看看杰基是否正常。这条狗终于躺下了，克劳德每次转身时，都会用温和的声调对它低语几句，狗用尾巴的轻微运动来回应他，弄得稻草沙沙作响。

很快我们就要进入泰姆。在开集市的时候，人们会在宽阔的大街上把猪、牛、羊圈在围栏里，那里的集市每年举办一次，举办集市时，城镇中心的街道上有秋千、旋转木马、碰碰车和吉卜赛人的大篷车。克劳德出生在泰姆，我们每次经过它，克劳德都会提到这些事情，还不曾有过例外呢。

"嘿。"在第一幢屋子映入眼帘时，他说，"这里是泰姆。我生在泰姆，并在泰姆长大，你知道吗，戈登？"

"你告诉过我。"

"我们小时候在这里做过很多有趣的事。"他语中略带怀旧地说道。

"我明白。"

他停下来，我认为缓解他内心的紧张情绪比其他什么都重要，于是他开始谈起他的童年时代。

"我家隔壁有一个男孩，"他说，"他的名字叫吉尔伯特·戈姆。脸像雪貂一样又小又尖，一条腿比另一条要短一些。我和他在一起的时候总搞出一些惊人之举。你知道我们做了一件什么事吗，戈登？"

"什么事？"

"在星期六晚上，当我妈妈和爸爸去小酒吧的时候，我们溜进厨房，拆开小煤气灶的管子，让煤气进入一只装满水的牛奶瓶。然后我们坐下来把水倒在杯子里喝。”

“味道很好吗？”

“好？绝对令人作呕！但我们放了很多很多糖，所以它的味道还不算太坏。”

“你们为什么喝这玩意？”

克劳德转过身看着我，眼中带着怀疑。“你是说你从没喝过‘蛇水’！”

“我可不能说我喝过。”

“我想每个人小时候都会喝过！它使你兴奋，就像葡萄酒一样，只是它更厉害，这取决于你灌煤气的时间。星期六晚上我们常常在厨房里喝得东歪西倒，这真是太神奇了。直到有一天晚上爸爸提早回家逮住了我们。此生我永远不会忘记那个夜晚，我拿着牛奶瓶，气体冒出的可爱气泡进入瓶子，吉尔伯特跪在地上，准备等我发出指令时关掉阀门，而爸爸走进来了。”

“他说什么？”

“哦，老天！戈登，那太可怕了。他一句话也没说，靠着门站在那里，他开始摸索他的皮带，非常慢地解开搭扣，再慢慢把它从裤子上抽出来，然后一直盯着我看。他是一个彪形大汉，有一双煤炭锤头一样的大手，留着黑色的小胡子，脸颊布满了紫色的血管。然后他迅速走上前来，扯住我的外套，一阵抽打，他竭尽他的凶猛，用的是皮带上有搭扣的那一端。真的，戈登，我以为他是要杀了我。但最后他停住了，缓慢而仔细地把皮带系上、扣紧它、把它塞好，然后他打起嗝，喷出他喝下的啤酒的味道。接着他走出去返回小酒馆，依然一句话也没说。我此生最糟糕的一顿毒打非此莫属。”

“那时你多大？”

“我想，大约八岁。”克劳德说。

当我们接近牛津时，他又沉默下来。他不停地扭着脖子看杰基是否正常，去抚摸它，敲敲它的头，有一次他转身跪在座位上，把更多的稻草往狗的身边拨拢，低声抱怨着有风。我们行驶到牛津城的边缘，进入一条狭窄而通畅的乡村道路，开了一会儿后，我们进入一条崎岖不平的小车道，沿着它行驶，我们开始被一小群男人和女人赶上，他们朝着相同的方向骑车、行走，还有一些男人领着灰狗。在我们前面有一辆大轿车，透过它的后窗我们能看到一条狗坐在后座的两个男人中间。

“他们来自四面八方，”克劳德阴郁地说，“那一条可能是专门从伦敦来的。也许正是为了这个下午才把它从一个大体育场的狗屋里悄悄弄出来的。据我所知，这可能是一条德比狗。”

“但愿它不要撞上杰基。”

“不用担心，”克劳德说，“所有的新狗都自动进入最高一级。这是一条费西先生非常强调的规则。”

有一扇打开的大门通向场地，在我们驶入之前，费西先生的妻子迎上来收取我们的入场费。

“如果她有力气的话，他会让他老婆为那该死的踏板绕线的。”克劳德说，“老费西可没有雇足必不可少的人员。”

我驾车穿过那块场地，把车停在一排沿高坡树篱停泊的汽车末端。我们两人下了车，克劳德飞快地转到车后去接杰基，我站在车边等着。这是一个非常大的场子，有微微的斜坡，我们现在站在斜坡的顶上朝下看。我能够看到远处六道起跑隔栏，还看到用木桩标明的跑道，这条跑道沿着场地底部延展，然后以直角急转，蜿蜒上坡，朝着人群而去，直到终点。离终点线三十码之外，立着一辆翻转过来的自行车，用来驱动假兔。因为它很轻便，所以成了所有赛狗场驱动假兔的标准机械。它包含一个大约八英尺高的薄木头平台，由四根插进地里的杆子支撑着；在平台顶上固定了一辆轮子朝天倒置的普通旧自行车；车的后轮对着前面，面向跑道，轮胎被卸下，剩下一个有凹面的金属轮圈。拉假兔绳子的另一端系在这只轮圈上，绕绳者（或假兔驱动者）跨坐在自行车后面，用双手转动踏板，使轮子旋转，再把绳子绕在轮圈上，从而拉着假兔，以他想要的任何速度朝着他运动，一直可以加速到每小时四十英里。每跑完一次，会有人把假兔（连着绳子）一路拿回到起跑线上，这样，松开来的绳子还是系在轮圈上，可以准备开始新的一轮赛狗。从这个高平台上，绕绳者能够观察赛事，调整假兔速度，保证它仅仅跑在领先的狗前面，他还可以在他想要的任何时候，通过突然反转踏板，让绳子缠绕在轮毂上，以此让假兔停下，使它成为“无效比赛”（如果有问题的狗看上去要赢了）；另一种做法是突然使假兔慢下来，也许持续一秒钟，这使得领先的狗会自动抑制一下速度，于是其他的狗就会赶上它。这个绕绳者，可是一个重要的人物。

我能够看到费西先生的绕绳者已经站在他的平台顶上，这是一个看上去强有力的人，穿着一件蓝色的运动衫，靠在自行车上，透过纸烟的烟雾，俯视着人群。

在英国有一条令人费解的法律，像这样的赛狗大会一年在同一个场子只能举行七次。这就是为什么费西先生的设备都是可移动的，在第七次赛狗大会之后，他会很轻易地把赛狗设备转移到下一个场子。法律根本难不倒他。

已经来了一大群人，赌注经纪人在右边竖起一排他们的摊位。克劳德和杰基现在已经离开货车，他牵着狗向一群人走去，他们正围着一个穿马裤的矮个子胖男人——费西先生本人。人群中的每个人都用皮带牵着一条狗，费西先生左手拿着一本被他折叠过的笔记本，不停地在上面写着名字。我走过去看着。

“你的是哪一条？”费西先生的铅笔悬在笔记本上问道。

“米德奈特。”一个带着一条黑狗的人答道。

费西先生退后一步，然后非常仔细地打量着那只狗。

“米德奈特。好！我记下了。”

“简。”下一个人说。

“让我看看，简……简……是的，好了。”

“索尔迪尔。”牵着这条狗的是一个高个子、长牙的男子，穿着一件深蓝色的双排纽扣休闲西装，穿得发亮了，当他说出“索尔迪尔”的时候，他开始用自己没捏皮带的那只手慢慢搔着裤子的臀部位置。

费西先生弯下身子检查这条狗，那人两眼朝天。

“带它离开。”费西先生说。

那人迅速地朝下面看了看，停止搔痒。

“快点，带它离开。”

“听我说，费西先生。”那人说，一口长牙使他说起话来有些漏风，“拜托，别说这种该死的傻话。”

“快点，撵它走，卡里，别浪费我的时间。你我都很清楚，那条索尔迪尔的右前脚上有两个白色脚趾。”

“你看，费西先生。”那人说，“其实你至少有六个月没见过索尔迪尔了。”

"快点，卡里，走开。我没时间和你争吵。"他看上去一点也不生气，说道："下一个。"

我看见克劳德牵着杰基走上前。他那张庞大的牛脸一动不动，表情漠然，眼睛盯着费西先生头顶上方大约一码处的什么东西，他紧紧捏着牵引带，手指关节就像一排白色的小洋葱。我知道他的感受，在那一刻，我也深有同感，当费西先生突然笑起来的时候，我的感觉甚至更糟。

"瞧！"他喊着，"这是黑豹。它是一流选手啊。"

"是的，费西先生。"克劳德说。

"好，我要告诉你，"费西仍然咧开嘴笑着说，"你可以带它回家了，让它哪里来哪里去。我不要它。"

"但是听我说，费西先生……"

"我至少已经帮你跑了它六到八次，够了。听着，你为什么不一枪把它了结算了？"

"请听我说，费西先生，只是让它再跑一次，之后我再不会来求你了。"

"即使一次也不行！今天我有太多的狗，简直应付不过来。没有地方容纳这样的螃蟹。"

我想克劳德要哭出来了。

"不瞒你说，"他说，"过去两个星期里，我每天早晨六点钟起床，给它做长跑训练、做按摩、买牛排喂它。相信我，它完全是一条不同的狗了，和上次跑的时候大不一样。"

"不同的狗，"这句话让费西先生像被针扎了一样，他跳了起来，"什么意思！"他喊着，"不同的狗！"

我要称赞克劳德一句，他真的是临危不乱。"听我说，费西先生。”他说，“我非常感谢你没有暗指我什么，你很清楚我不是那个意思。”

“对的，对的。但那都一样，你可以带着它走了。让这样慢的狗参加比赛毫无意义。现在就请你把它带回家去，别耽误了整个赛狗大会。”

我看着克劳德，克劳德看着费西先生，费西先生则环顾着四周来做登记的狗。在棕色的花呢外套里面，他穿了一件黄色的套衫。他胸口的黄色条纹和两条包了绑带的细腿，加上他把头扭来扭去的样子，使他看起来就像一只活泼的小鸟——或许，像一只金丝雀。

克劳德向前一步，他的脸开始因为愤怒而微微发紫，我能看出当他吞咽唾液时，他的喉结在上下运动。

“我来告诉你我要做什么，费西先生。我非常肯定这条狗有了进步，它不会落在最后，我敢和你赌一个英镑，就是这样。”

费西先生慢慢转过身看着克劳德。“你疯了吗？”他问。

“我和你赌一个英镑，就是这样，只是为了证明我说的话。”

这是一个危险的举动，必定会引起怀疑。

但克劳德知道这是他唯一可做的一搏。当费西先生弯下腰去检查狗的时候，一切安静下来。我能看到他的眼睛在这动物的整个身体上一个部分、一个部分地慢慢移动。这个人的一丝不苟以及他的记忆力，倒是有点令人钦佩。在这个自信的小恶棍身上，有些东西也很可怕，他脑中也许记住了数百条虽然不同但非常相似的狗的形体、颜色和斑纹。他从来不需要更多的线索，一点点蛛丝马迹——一个小疤痕、一只张开的脚趾、踝关节上的一个不起眼的小瑕疵、一个不明显的背脊弧度、微微有点深的斑纹——费西先生都一直铭记于心。

所以，当他向杰基俯下身子的时候我观察到他的脸是粉红色的，很饱满，嘴巴小得似乎不足以舒展一个笑容，眼睛就像两只小照相机，焦点精准地聚集在这条狗身上。

“好吧，”他挺直了身子说，“不管怎样，是同一条狗。”

“我也是这么想的！”克劳德喊叫着，“你以为我是什么样的人，费西先生？”

“我觉得你是一个疯子，我就是这样认为的。但这是个赢到一英镑的简单的好方法。我想你是忘了上次的比赛，忘了安伯·弗拉什怎样差点用三条腿打败它？”

“那时这条狗的状态不佳，”克劳德说，“那时它没有我最近给它的牛排、按摩和长跑训练。费西先生，但你看，你不能为了赢这个赌就把它塞进最高一级哦。它是一条最低等级的狗，费西先生，这你知道吧？”

费西先生笑了，他的小纽扣嘴张成了一个小圆，他一边笑一边看着人群，他们也对着他笑。“听好了，”他把一只多毛的手搭在克劳德的肩膀上说道，“我认识我的狗。我用不着做任何无意义的事来赢这一英镑，它在最低一级。”

“一言为定，”克劳德说，“这是一个赌约。”他带着杰基一起离开，我走过去和他会合。

“天哪，戈登，好险啊！”

“吓死我了。”

“但现在我们进来了。”克劳德说道。他脸上又现出那种气喘吁吁的神情，他走来走去，步子快而古怪，好像地面烫他的脚。

人们还在大门那里进场，无疑现在已有三百人了。这不是一群正经的人，是些尖鼻子的男人和女人，面孔脏兮兮的，露着坏牙，眼睛骨碌碌地转动。这些大城镇的渣滓，像是从一个破裂管子里流出来的污水，沿着路慢慢流进大门，在赛场的顶端形成一个带臭味的污水池塘。他们全在那里，全是些游手好闲之人、流浪汉、刺探情报的人、渣滓、污水、碎屑以及从大城镇破裂排水管里冒出的浮渣。有些人带着狗，有些人没带。狗被绳子牵来牵去，有痛苦地耷拉着脑袋的狗，有又瘦又脏的、臀部带有溃疡的狗（因为睡在木板上），有长着灰色鼻子的悲哀老狗，有注射过麻醉剂的狗，有被灌下麦片粥以阻止它们取胜的狗，有腿僵直着走路的狗——特别明显的是一条白狗。“克劳德，为什么那条白狗那样直着腿行走？”

“哪一条？”

“那边那条。”

“哦，是的，我们看到了。很可能因为它被吊过。”

“吊？”

“是的，吊。悬着腿在一副挽具里被吊上二十四小时。”

“天哪，但为什么这样呢？”

“当然是为了使它跑得慢。有些人不想打麻醉剂、灌粥或用带子勒，所以就用吊的方法。”

“我明白了。”

“要么就是，”克劳德说，“要么就是他们用砂纸擦它们，用粗砂纸摩擦它们的爪垫，把皮肤擦破，这样跑的时候就会疼痛。”

“是的，我明白了。”

也有较健康、看上去颇亮丽的狗，每天用马肉精心饲养，而不是残羹剩饭、面包干或卷心菜水，它们的毛皮亮闪闪的，摆动着尾巴，用力拉着它们的皮带，它们没有被注射麻醉剂，没有被灌粥，等待它们的也许是一种更糟糕的命运——口套的带子被额外地扣紧了四档。

“要确保它现在还能够呼吸，乔克。不要让它完全窒息。别让我们看见它在赛跑中倒下，就像这样看见它有点喘不过气来的时候，继续收紧带子，每次收紧一档，直到你能听见它喘息的声音，你会看到它嘴巴张开，呼吸沉重。这就恰到好处了，如果它的眼球鼓起来就不行了，要当心这点，你会吗？好了吗？”

“好了。”

“让我们离开这群人，戈登。让杰基被这些狗弄得很兴奋的话，一点好处都没有。”

我们走到斜坡上停车的地方，然后在一排汽车前面来回地走，让狗保持运动。我能看见一些汽车里有人和狗一起坐着，当我们走过时，那些人透过窗子怒视着我们。

“现在要特别小心，戈登，我们不想有任何麻烦。”

“不会，没问题。”

这些是最上等的好狗，被秘密地藏在车里，只是在登记（用一个虚构的名字）时快速带出来现身，再赶快带回来让它们在车里待到最后一刻，然后直接带到起跑隔栏里，在比赛结束后又再回到车里。这样，那些爱打听的讨厌鬼就没有机会太近地观察它。大体育场的驯狗师是这样吩咐他们的。

“好，”他说，“你能借它，但看在老天爷的分上，不要让任何人认出它。你瞧，有好几千人认识这条狗，所以你要小心。你要付五十英镑。”

这些狗跑得很快，但不管它们跑得多快，可能还是会挨针，只是为了确保取胜。用一毫升半乙醚作皮下注射，就在车子里非常慢地注入。这能使任何狗加快十个身长。或者，有些时候注射含油的咖啡因或樟脑也能使它们跑得快。那些大车里的人都知道这些把戏。他们有些还知道可以用威士忌，但那得注入静脉，做静脉注射没那么容易，可能会找不准静脉，你的注射没进静脉，它就不起作用，那么你怎么办？所以还是用乙醚、咖啡因或樟脑。

“好了，别给它太多那种东西，乔克。它重多少？五十八磅。那么好，你知道那个人告诉我们什么。等一下，我在一张纸上写下了，给你。他指出每十磅体重注射一毫升，就可以在三百码内跑快五个身长。等一等，让我计算一下。哦，老天，你最好猜猜看。只是猜猜看，乔克。你会发现没事的，不管怎样，不该有什么麻烦，因为我还在比赛中选了其他的方法。我花了十英镑给老费西，我给了他该死的十英镑，我说，亲爱的费西先生，这是给您的生日礼物，因为我爱您。”

“感激不尽。”费西先生说，“非常谢谢您，我值得信赖的好朋友。”

那些大车里的人，为了阻挠狗的速度，用的是氯丁醇。氯丁醇是种很妙的东西，因为你能够在前一夜，尤其是给别人的狗注射它。或用哌替啶，也可以用哌替啶和东莨菪碱的混合物，不管那可能是什么。

“这里有很多优秀的老英国体育贵族。”克劳德说。

“当然啰。”

“注意你的口袋，戈登。你把钱藏好了吗？”

我们在一排汽车的后面走来走去——在汽车和树篱之间——我看见杰基变得警觉起来，开始朝前拉着带子，向前僵直着，迈着蹲伏的步伐。大约在三十码之外有两个人，其中一人牵着一条浅黄褐色的大灰狗，那条狗像杰基一样僵硬、紧张。另一个人双手拿着一只麻袋。

“注意看。”克劳德对我耳语，“他们要让它玩个捕杀。”

一只小白兔从麻袋里滚到草地上，茸茸的白毛，是一只兔崽。它恢复了平衡，一动不动地坐着，以蹲伏的方式缩成了一团，鼻子低嗅着草地。一只受惊的兔子，这样突然从袋子里跌到草地上，在明亮的光线中隆成了一个小堆。那条狗现在兴奋得疯了似的，用爪子扒着地面，跳起来向前扑，把皮带绷得紧紧的，嘴里发出呜呜的哀鸣。兔子看见了狗，把头缩进去，一动也不动，被吓瘫了。那个人把他的牵引绳缩至狗的项圈处，狗扭来扭去，跳了起来，想要挣脱。另一个人用脚推着兔子，但它因为太害怕，以至于无法动弹。他再次推兔子，用脚趾轻轻拨弹着，像是盘一只足球，兔子翻滚了几次，恢复了平衡，开始跃过草地想要逃离狗，狗伸出一只大爪子向兔子猛扑过去，接着传来一声长长的尖叫，不是很响，但刺耳且极度揪心，持续了一段相当长的时间。

“你看到了，”克劳德说，“那就是捕杀。”

“我不太喜欢这样。”

“之前我告诉过你，戈登。大多数人都这样做，让狗在赛前进行热身。”

“我还是不喜欢这样。”

“我也是，但他们都这么做。甚至在大体育场，驯狗师也这么做。我把他们叫作十足的巴巴里海盗。”

我们在远处逛来逛去。我们下面的山坡上，人群越来越多，在人群的后面，一长排赌注经纪人的摊位此时全都竖立起来，上面用红色、金色和蓝色写了他们的名字。每个赌注经纪人都站在自己摊位旁边一个倒置的箱子上，一只手拿着一叠编号卡片，另一只手捏着一支粉笔，他的办事员拿着一本簿子和铅笔站在他后面。然后我们看见费西先生向一块黑板走去，黑板钉在插在地里的一根柱子上。

“他在用粉笔写第一场比赛，”克劳德说，“跟着我，快！”

我们迅速走下山坡，加入人群中。费西先生在黑板上写下从他软封面的笔记本上抄过去的参赛狗的名字，人们渐渐安静下来，满怀着悬念注视着。

1. 萨莉

2. 三英镑

3. 斯奈尔博克斯

4. 黑豹

5. 威士忌

6. 罗斯特

“它在里面！”克劳德轻声说，“第一场！四号隔栏！现在，听我说，戈登，快给我五英镑去给绕绳人。”克劳德激动得几乎说不出话，那块白色又回到他鼻子和眼睛周围。当他接过我给他的五英镑纸币时，他的整条手臂都在颤抖。那个要去转自行车踏板的人，身穿蓝色运动衫，还站在木头平台上抽着烟。克劳德走过去，站到他下面，抬头看着他。

“瞧，这是五镑。”他声音轻轻地说，把钱折成小小的放在手掌里。

那个人的头一动不动地瞄了一眼。

“你瞧，只要这场比赛你正确地绕绳子。别停，别慢下来，让它跑得快。好吗？”

那个人没有动，但是他轻微地、几乎让人觉察不到地扬了扬眉毛，克劳德转身离开。“现在，戈登，慢慢地把钱拿出来，就像我跟你说的那样，全都以小数目拿出来。你看，只要用这种一点点加的方式一直下去，你就不会跌价。我会带着杰基慢慢走下去，我尽可能慢，越慢越好，给你充足的时间，好吗？”

“好。”

“不要忘了站在比赛终点，准备好截住它。当它们开始争夺兔子时，让它远离所有其他的狗。你要抓住它不让它走，直到我带着项圈和牵引绳跑回来。威士忌是条吉卜赛狗，碰到任何狗挡道，它都会把它的腿撕下来。”

“好，”我说，“我们开始吧。”

我看见克劳德带着杰基走到那个终点服务台，领到一件上面写有一个大数字“4”的黄色护身，还有一只口套。其他五条参赛狗也在那里，狗主人在它们身边忙忙碌碌，为它们穿上编了号的护身，调节它们的口套。费西先生担任比赛裁判，穿着紧身的马裤跳来跳去，好像一只焦急不安的金丝雀，我一度看见他对克劳德说了些什么并大声笑着，克劳德没有理睬他。很快他们都带着狗进入那条小道，那条长长的小道向山坡下面延展，穿过赛场远处的一角，通往起跑隔栏，走到那里他们得花十分钟时间。我对自己说，我至少有十分钟时间，于是我连推带挤地穿过围在那排赌注经纪人摊位前六七层深的人群。

“威士忌一比一！威士忌一比一！萨莉五比二！威士忌一比一！斯奈博克四比一！快来押啊！赶快！押哪一个？”

沿着这排摊位，每一块黑板上都用粉笔写着黑豹的赔率是二十五比一。我慢慢向前挤到最近的赌注登记点。

“三英镑押黑豹。”我说着把钱递过去。

站在箱子上的那个人有一张洋红色的肿脸，嘴角上残留着一些白色物质。他一把抓过钱，扔进他的小背包里。“七十五比三，黑豹，”他说，“号码四十二。”他给我一张票据，他的办事员记下了赌注。

我退出来，飞快地在票据的反面写上“七十五比三”，然后把它塞进我放钱的夹克衫口袋。只要我继续像这样以小额现金分散开来押，应该就没有问题。不管怎样，在克劳德的指令下，我在那个替身每次跑的时候都会坚持赌上几个英镑，以免在真正的日子到来时引起任何怀疑。因此，带着某种自信，我沿着这排摊位一路走下去，在每一个赌注登记点押下三英镑。我不急，但也不浪费任何时间，每次下了赌注，我都会在把票据塞进口袋之前，在它反面写上数额。共有十七个赌注经纪人，所以我有了十七张票据，我用掉了五十一英镑，却丝毫没有影响赔率，还剩四十九英镑可以继续下去。我朝山坡下飞快地瞥了一眼，一名狗主人和他的狗已经走到隔栏，除了克劳德，其他人只相距二十码或三十码。克劳德和杰基才走了一半。我能看见克劳德穿着黄褐色的旧大衣，带着杰基慢慢地走着，杰基走在前面把皮带绷紧，我一度看见他完全停住，弯下身子，假装拾起什么东西。当他再继续走的时候，似乎变得一瘸一拐的，所以走得更慢了。我赶紧回到这排摊位的另一头重新开始。

“三英镑押黑豹。”

那个红肿着脸、嘴角有白色物质的经纪人，抬头用机敏的目光看了一眼，记起了上一次，快速而几近优雅地移动手臂，舔了一下自己的手指，然后熟练地擦去黑板上“二十五”这个数字。他的湿手指在黑豹的名字对面留下一小块黑色的斑点。

"好，你又有了一个七十五比三，"他说，"但是到此为止。"然后他提高了声音喊道，"十五比一，黑豹！十五比一，黑豹！"

整整一排的"二十五"这个数字都被擦去，现在黑豹的赔率是十五比一。我迅速地下赌注，但是等我一圈兜下来之后，所有的赌注经纪人都已经下够了，不再接受对它的下注。他们每人仅仅收了六英镑，但是他们的损失将会是一百五十英镑，对他们——一个小乡村赛狗场的三流赌注经纪人——而言，在一场比赛中输掉这个数目是够惨的，谢天谢地。我对自己在赌注上的掌控有点沾沾自喜。现在我有了一大把票据。我从口袋里拿出来数着，在我手中它们就像一副薄薄的扑克牌。总共三十三张，我们能赢多少呢？让我算算……超过了两千英镑。克劳德说它会赢三十个身长，咦，克劳德人呢？

我能看到远处山坡下那件黄褐色的大衣，就在隔栏旁边，那条大黑狗靠着它。其他所有的狗都已进了隔栏，它们的主人开始离开。这时克劳德弯下身，哄着杰基进入四号隔栏，然后他关上门，转身朝着山坡上面的人群跑去，大衣在他身边鼓着风飘动，他跑的时候不时地回头看。

发令员站在隔栏旁边，他举起手挥动着一条围巾。在跑道的另一边，在终点标杆后面，我离得很近地站着，那个穿蓝外套的人跨坐在木平台上倒置的自行车上，看见信号后挥手回应，开始用双手转动踏板。然后，远处一个白色的小点——假兔，实际上是一个包了一张白兔皮的足球——开始从起跑线离开，并且速度在加快。隔栏的门被向上拉起，狗从里面飞奔而出。它们冲出来的时候呈现一团暗色，因为所有的狗都挤在一起，仿佛那不是六条狗，而是一条阔身体的大狗。我几乎立刻就看见了跑离起点的杰基，因为颜色，我认得那是杰基，这场比赛中没有别的黑狗，它是杰基，是的！我对自己说，一动也别动，从肌肉、眼皮、脚趾到指尖都别动，安静地站着别动，就看着它跑。来吧，我的杰克逊！不，不要喊，大叫大喊是不吉利的……也不要动，二十秒之后就全过去了。现在绕了个急转弯，上了山，它肯定超过它们十五或二十个身长，赢二十个身长轻而易举……不要去计算长度，这不吉利。不要动，你的头也别动……用你的眼角看它，看着杰克逊跑！现在它在那个山坡上真正发威了，它赢了！它不会输的……

当我向它走过去时，它正在和兔子皮打斗，想把它叼到嘴里，但是口套阻碍了它，其他的狗在它后面轰然而来，突然都拥到它身上去抓兔子，我抓住杰基的脖子，像克劳德说的那样把它拖出去，我跪在草地上，用双臂紧紧抱住它的身体，其他的捕手都忙着抓自己的狗。然后克劳德来到了我的身边，喘着粗气，由于喘气和兴奋他说不出话，他卸下了杰基的口套，为它安上项圈和皮带。费西先生也站在那里，两只手放在臀部，那张纽扣嘴紧紧地缩着，就像一只蘑菇，两只小照相机眼再次对准了杰基全身。

“所以，这是一个游戏，对吗？”他说。

克劳德向狗弯下身子，装作像是没有听到。

“以后我不要你到这来了，你听懂了吗？”

克劳德继续在杰基的项圈上拨弄着。

我听到我们后面有人说：“这次那个扁脸的家伙狠狠揍了老费西一拳。”其他人哈哈笑起来。费西先生走开了，克劳德站起来，带着杰基朝身穿蓝色运动衫的假兔驱动者走去，他已经从平台上下来了。

“抽根烟吧。”克劳德说着把一包烟递过去。

那人拿了一支烟，还有五英镑纸币，它被折得很小，藏在克劳德的手指里。

“谢谢，”克劳德说，“非常感谢。”

“不用谢。”那人说。

然后克劳德转向我问道：“你全都押上了，戈登？”

他上蹿下跳，搓着手，又轻轻拍着杰基，跟我说话时他的嘴唇在微颤。

“是的，一半是二十五倍，一半是十五倍。”

“哦，天啊，戈登，这简直是奇迹。你在这里等着，我去拿手提箱来。”

“你带上杰基吧，”我说，“去坐在车里。我待会儿过来跟你会合。”

这时赌注经纪人旁边没有人，我是唯一一个要去兑现的人。我跨着一种舞蹈般的大步慢慢走着，胸中怀着一种美妙的渴望感，先朝那排摊位的第一个走去。就是有一张红色肿脸、嘴角有白色残留物的那人，我站在他面前，花了很长时间才从那叠票据里找出了他的两张。他的名字是悉德·普拉特切特。他那块腥红底色的招牌上用金色的大字从左到右写着——“悉德·普拉特切特，中部地区最佳赔率，及时兑现”。我递给他第一张票据并说：“付我七十八英镑。”这听起来真美妙，我又说了一遍，仿佛在哼一首快乐的小曲，“这一张付我七十八英镑。”我不是故意对普拉特切特先生幸灾乐祸。事实上，我开始非常喜欢他了，我甚至对他深感歉意，让他支付如此多的钱款，我希望他的妻子和孩子不会因此蒙受损失。

“四十二号，”普拉特切特先生说，然后转向他手下那名拿着大本子的办事员说道，“四十二号索要七十八英镑。”

停顿了一会儿，那办事员用手指在本子上记录的赌注一栏里寻找。他这样做了两次，然后抬头看着他的老板，开始摇头。

“不，”他说，“不能付。这张票押的是斯奈尔博克斯。”

普拉特切特先生站在箱子上，弯下身子去看那本簿子。他似乎被办事员的话弄得心中不安，那张洋红色的大脸流露出真诚的关切。

这办事员真是个傻蛋，我想，现在普拉特切特先生随时会这么说他。

但是当普拉特切特先生把脸转回来对着我时，那双眼睛变得狭窄并充满敌意。“听着，伙计，”他轻声说道，“我们不吃你这套，你知道得很清楚，你是对斯奈尔博克斯下的注。你现在究竟想干什么？”

“我赌的是黑豹，”我说，“两张分别押三英镑，赔率是二十五比一，这是第二张票据。”

这次他甚至都不去费心核对簿子，“你赌的是斯奈尔博克斯，老兄，”他说，“我记得你又跑回来。”然后，他转过脸，开始用一块碎布从黑板上擦掉上一场参赛狗的名字。他后面的那个办事员合上本子，为自己点了一支烟。我站在那里看着他们，能够感觉汗珠开始突破我周身的皮肤冒了出来。

“让我看簿子。”

普拉特切特先生用那块湿碎布擤了一下鼻子，然后把它扔到地上。“听着，”他说，“为什么你不走开，为什么还在骚扰我？”

问题是：赌注经纪人开的票据不同于赌金计算器打出的单据，它上面没有写任何有关赌注性质的说明。这是很常规的做法，国内的每个赛狗场都一样，不论是纽马克特的银戒指、阿斯科特的皇家围场，还是牛津附近的乡村小赛狗场。你收到的都是一张卡片，上面有经纪人的名字和一个编号。赌注是（或应该是）由经纪人的办事员记录在他的簿子上，写在票据号码的旁边，但是除此之外，并没有证据表明你是怎样押注的。

“快点，”普拉特切特先生说，“走开。”

我后退了一步，朝下面看了看那一整排赌注经纪人的摊位。他们没有人朝我这边看。每个人都一动不动地站在自己木头标牌旁的小木箱上，直视着前面的人群。我走到下一个摊位，亮出了票据。

“我有三英镑以二十五比一的赔率押注黑豹，”我口气坚定地说，“付我七十八英镑。”

这人有一张绯红而松弛的脸，经过了与普拉特切特先生完全相同的程序，他先是问他的办事员，再盯着簿子看了半天，然后给我同样的回答。

“你到底怎么啦？”他平静地说道，对我说话的样子好像我才只有八岁，“竟想干这样的傻事。”

这次我退到很远。“你们这些肮脏的贼杂种！”我大声喊叫着，“你们全都是！”

那排摊位所有人的脑袋都自动转过来对着我，好像他们全是些牵线木偶。他们的表情一模一样，只有脑袋在动，所有的十七个脑袋，用十七双既冷淡又呆滞的眼睛俯视着我，他们中没有一个人对我显露出丝毫兴趣。

“有人在放话，”他们似乎在说，“我们别听他的，今天可是个好日子。”

兴奋的人群开始向我围拢。我跑回到普拉特切特先生那里，逼近他，用手指指着他的肚子。“你是个贼！一个不要脸的小偷！”我大声叫喊着。

令人惊奇的是，普拉特切特先生似乎一点也不气愤。

“嘿，我才不是。”他说，“看，谁在说话。”

然后，那张大脸上突然咧开了一张宽阔的、青蛙般的大嘴，他笑了起来，并对着人群喊道：“看，谁在说话！”

立刻，所有的人都放声笑了。沿线的经纪人都活了过来，互相转过脸，大声笑着，还指着我叫喊：“看，谁在说话！看，谁在说话！”人群中也开始发出这样的叫喊声，我站在那里，站在普拉特切特先生身旁的草地上，手上拿着一叠厚得像一副纸牌一样的票据，听着他们的嚷嚷，感觉有点歇斯底里。在人们的头顶上，我能看见费西先生站在黑板旁边，用粉笔写好了下一场参赛狗的名字。然后，在他后面，在距赛场很远的坡顶上，我看见克劳德站在厢式货车旁边，手中拿着手提箱在等我。

是时候回家了。

首次发表于《像你一样的人》1953

公主和偷猎者

产品经理｜陈悦桐　　装帧设计｜肖　雯
技术编辑｜顾逸飞　　营销经理｜王维思
执行印制｜刘　淼　　　　　　　魏　洋
产品监制｜李佳婕　　策 划 人｜许文婷

版权合同登记号：图字：11-2021-147

图书在版编目（CIP）数据

公主和偷猎者 / （英）罗尔德·达尔著 ; 程应铸译
. -- 杭州 : 浙江文艺出版社, 2021.11（2022.1重印）
ISBN 978-7-5339-6562-4

Ⅰ. ①公… Ⅱ. ①罗… ②程… Ⅲ. ①短篇小说—小说集—英国—现代 Ⅳ. ①I561.45

中国版本图书馆CIP数据核字（2021）第169655号

责任编辑 罗 艺
装帧设计 肖 雯

公主和偷猎者
［英］ 罗尔德·达尔 著 程应铸 译

出版 浙江文艺出版社
地址 杭州市体育场路347号 邮编 310006
经销 浙江省新华书店集团有限公司
印刷 北京盛通印刷股份有限公司
开本 880mm×1230mm 1/32
字数 129千字
印张 5.75
印数 15,001—22,000
版次 2021年11月第1版
印次 2022年1月第3次印刷
书号 ISBN 978-7-5339-6562-4
定价 39.00元